思想有双翅膀

张一鸣／著

经济日报出版社

图书在版编目（CIP）数据

思想有双翅膀 / 张一鸣著 . -- 北京：经济日报出版社，2016. 9

ISBN 978-7-5196-0011-2

Ⅰ . ①思… Ⅱ . ①张… Ⅲ . ①散文集—中国—当代 Ⅳ . ① I267

中国版本图书馆 CIP 数据核字（2016）第 225715 号

思想有双翅膀

作　　者	张一鸣
责任编辑	胡劲华
责任校对	甘淑萍
出版发行	经济日报出版社
社　　址	北京市西城区白纸坊东街 2 号经济日报社 A 座 710 室
电　　话	010-63567687（编辑部）63567692（发行部）
网　　址	www. edpbook. com. cn
E-mail	edpbook@126. com
经　　销	全国新华书店
印　　刷	北京鑫瑞兴印刷有限公司
开　　本	880×1230 毫米　32 开
印　　张	6
字　　数	150 千字
版　　次	2017 年 1 月第 1 版
印　　次	2017 年 1 月第 1 次印刷
书　　号	ISBN 978-7-5196-0011-2
定　　价	39.00 元

代　序

尝试一个人去思考，不是为了营造气氛，不是为了阅读未来，而是找到自己。觉悟的时候是一个人，等待的时候是一个人，思考的时候还是一个人。慢慢地，他学会打理自己内心的烦躁，躲避失去和衡量错觉。

他是这本书的作者。

智慧是一个人语言的象征，那么格局就是一个人内心的表达，对于外在的美，还是内心的沉默，很多人都想知道那份沉默里的故事。但是没有人知道汗水后面的孤独。

作者给了我们一个个故事，他用自己的信念去支撑命运的或得或失，有了双肩的责任，就有了生命的精彩。于是，有人用悲剧写了一个名字，有人用欢乐写了一个故事，还有很多人用沉默写了一个自己，而作者，用文字写了自己和生活中芸芸众生。或许我们不需要去感受他文字后面的那份沉甸甸的付出，只需要去感受他文字中淡淡的温度，不是赠送的许诺，不是赠送的感知，而是花开花落的风景，不等不追，沁人心扉。

他叫张一鸣，他是一个商人，他是一个学者……他有很多的身份，然而在文字中，他只是一个思想者。

思想有对翅膀，愿我们能靠它飞翔在灵性的云端。

六六

自　序

小时候，大约是那个娱乐贫乏的时代，我玩儿烟盒儿叠的三角牌、滚铁环儿、抓桃核儿……一些在现在看来是那么无聊的游戏被我认真且快乐的玩着，仿佛生命中的最幸福的点滴让我淋漓尽致地捕捉了。

那时候，天很蓝，蓝得无边无际，以至于回家的路是在蔚蓝中被坐标为一个定格的目标。那时候，街道很窄，走在路上的人们却有着宽阔的从容，回忆中，似乎可以看见每一个路人的笑容。

那时候，幸福来得很直接很充实，比如偷吃了一勺儿奶粉，比如用 5 分钱买到一根冰棍……

经过了很多年，经过了很多事儿……身边的街灯变得明亮了许多，天际的那蓝却暗淡了许多。街道宽阔了许多，人们的神色却焦虑了许多。冰棍儿贵了许多，吃冰棍的幸福却少了许多。脚步匆忙了许多，心，却累了许多。

你还有多少时间？当这个问题被沉思后，是不是一身冷汗？还有很多的事情没有做，还有很多的理想没有实现，还没有让父母感受膝前的回报，还没有让儿女走上一条宽敞的路……

而我们，却悄悄变老。

我们失去了很多，也抱怨得到的很少；我们越来越忙碌，却觉得越来越无奈。是呀，我们在变化，却始终没有明白是哪里在变。

其实，是我们的心在变。不再淡定，不再从容，也不再满足。

有形有相的东西终归于毁灭，要实现真正的不朽，就要超越自我这个有限的存在。中国先哲将“道”作为超越一切有形有相的永恒存在。理想人格的获得就在于与“道”自觉、自然而然地合一。

当你老了，头发白了，炉火旁打盹，睡意昏沉……当我们老了，终将逝去，可是我相信，思想的精华是永恒的，于是，在2016年开始的时候，我觉得要把这些年的感悟用文字的方式记录下来，或许在老去的某一天，在一个阳光明媚午后，我再次读到这些文字，有笑意浮现在皱纹横布的脸上。

我想那时，我是快乐的。

如同我一直的希望，希望身边的人们每一天都有欢喜相随，都有快乐相伴。

张一鸣

目　录

第一章　自　鸣

少年犹如艺术，只有不断学习才能创造看点；壮年犹如建筑，只有不断学习才能稳固；老年犹如历史，只有不断学习才能了解过去。人的一生之中，可能会失去与忘却很多东西与事物，但永远不能失去知识，不能忘却学习。少年不学将止步不前，中年不学将碌碌无为，老年不学将浑噩不觉时日。

心起一念，福喜相随

从前有个叫了悟的和尚四处参访名师，很多年过去了，他认为自己已经深有所悟。一天，他在化缘的路上看见一个老和尚蹲在路边抽烟，了悟走到老和尚面前问道：“你是一个僧人，怎么能偷懒呢？”

老和尚看了了悟一眼：“那我应该做什么？”

了悟说：“你要努力参禅，让自己达到更高的境界。”

“什么是更高的境界呢？”老和尚问。

“心、佛，以及众生，三者皆空。现象的真性是空。无悟、无迷、无圣、无凡、无施、无受。”了悟说，“你不参禅，怎么会明白这样的道理呢？”

听完这番话，抽烟的老和尚站起身来，突然举起烟袋锅照着了悟脑袋打了一下。了悟大为光火，怒斥老和尚：“你怎么能打人呢？！”

老和尚瞥了一眼了悟说：“一切皆空，你哪儿来这么大的脾气？”

思维方式有时候让你陷入一个围城，你总是在围城里不停地寻找真理，却发现自己总是与真理擦肩而过。

毕竟，我们都是凡人，无法通达佛祖的透彻，可是身在凡世，我们却可以经常拂拭内心的尘埃，让自己眼明心静，从宁静的思维中获得勇气。

2004年，我依然记得那个夏天有知了不停地叫着，仿佛要让我的烦恼无处藏身。我在一个熟悉而又陌生的城市里彻底失去了归属感，因为我的口袋里只有几块钱，那时，明天对我而言遥远又漫长。

我坐在济南的大明湖畔，看着湖水穿过夏日的阳光，用疲惫的情绪看湖面波光粼粼。时间就这样悄悄过去，我静静地呆坐了很久很久。慢慢地，风开始变得从容，夏日的热浪似乎也柔和许多。

也就是那个时候，我突然发现了一条路。

也就是那以后，我一直努力地走在我内心为自己规划的这条路上。很多年过去了，执着的信念支撑我走过困境，一点点展现自己价值。

很多年后有朋友问我："你当时是怎么想的？"

我告诉他说："不管你多么窘迫，只要你有坚定的信念，总有欢喜相随。"

对了，就是那个夏日的午后，就是那次长久的呆坐之后，我决定辍学创业并想好了企业名称——喜相随。或许，那个午后呆坐如同老和尚打向了悟头上的烟袋锅，让我明白事物另一面——变向思维。

我们现在奉行的思想文化与道冥合，道德经也无非就是告诉人们需要超越一切形体和自己的生命，只有这样才能在有限中达到无限，在现实中实现永恒。于是，大多成功人士习惯于自我克制和自我提升，不在躯壳上起念，追求精神境界。也正是这种思维方式在现实中的应用成就了一大批的企业家。

既然一切皆空，为什么非要困在自己给自己圈定的思维定式里呢？当自己痛苦的时候，大多数人总是徘徊在自己的痛苦中，没有多余的力量去感受别人的痛苦，或许，你心起一念，让身边的人快乐，自己的痛苦就会在别人洋溢着快乐的笑容中烟消云散。

在这之前的长一段时间，我以为生命的形式就是无止境的忙碌和拼搏，我认为这是一种对自我的肯定。

所以，我几乎将自己全部的热情投入到工作当中。

在 2016 年夏至前的一天，我站在办公室的窗口眺望着新安江，是的，这已经是另外一个城市。

那是一个黄昏，江面上波光粼粼，偶有几只水鸟飞过，它们的身形轻盈，自在而专注。就是那时，我突然发现生命中最安静的乐趣被我忽视了很久——读书、思考、写作。

就是那之后，我开始了对这些文字全新和全心地投入。

我投入地去思考，希望用不同角度的思考方式找到对生活的每一点感悟。

我投入地去创作，渴求每一段文字都能传递对生命的审视。

我对自己说——我思，故我在。

王阳明提出“知行合一”的观点，重点阐述了认知与行为的关系，他认为：思考，是拨开浮生梦世的颓迷云雾，逆着时间的流逝而走向真实自我。

我深深认同。

我思考，所以我存在。如果“我”不存在，那么“我”不思考。如果“我”不思考，那么“我”的人生也就虚无缥缈。

我宁愿我的人生是踏着过往的断壁残垣，在一次次思考中获得对明天的感知。我们活着，就是因为有了思想的存在，而这思想的形式将决定我们行为准则，决定着我们自我的层次。

孔子周游列国的时候，正赶上兵荒马乱，大家三餐都以野菜果腹，曾七日没吃过一粒米。

一天，孔子的弟子颜回好不容易要到了一些白米煮饭，饭快煮熟时，孔子看到颜回掀起锅盖，抓了些白饭往嘴里塞。

饭煮好后，颜回请孔子进食，孔子假装若有所思地说："我刚才梦到祖先来找我，我想把干净还没人吃过的米饭，先拿来祭祖先吧！"

颜回顿时慌张起来说："不可以的，这锅饭我已先吃一口了，不可以祭祖先了。"

孔子问：为什么？

颜回涨红脸，嗫嗫地说："刚才在煮饭时，不小心掉了些灰尘在锅里，染灰的白饭丢了太可惜，只好抓起来先吃了。"

孔子听了，恍然大悟，对自己的观察错误，深感愧疚，于是他对弟子说："我平常对颜回已经非常信任了，但仍然还会怀疑他，可见我们内心是最难确定和稳定的。大家要记下这件事，要了解一个人，真是不容易啊！"

这是一个互联网时代，人们面对面的沟通越来越少，知人难，相知相惜更难。

我们总是被主观意识所左右，往往也被主观意识所蒙蔽。其实，凡事儿应该从多个角度去观察和思考。

当你要对一个人下结论的时候，是不是先想想，所看到的真的是事实吗？

更多的时候，我们忽略了对方的立场与困难，只以自己的主观意识给对方下评语。

现在的人们，学历越来越高，却往往过度依赖知识的判定，而忘了让自己在智慧中成长。很多事信者恒信，不信者恒不信，要客观地跳出成见，才有机会接近真相。

连孔圣人也会对自己最信任的弟子起疑心，更何况我们呢？

前些日子听过一个很有意思的观点：两个人交流时，其实是六个人在交流——你以为的你，你以为的他，真正的你；他以为的他，他以为的你，真正的他。

如此分析，这里边会有多少误会，会有多少误解，又会有多少沟通的沟壑？

我们是不是也常常因为“亲眼所见、亲耳所闻”，对他人产生了某种印象，从而为他人打上某种“标签”呢？

孔圣人可以立即辨别真相，消除误会，可是我们呢？

有多少人，因为自己的“亲眼所见”，尤其是亲密关系里，从此耿耿于怀，甚至怀恨在心……可悲的是，到死都不知道，其实是自己“看错了”。

你总在和“你以为的他”交流吗？

你知道“真正的他”的想法吗？

你是否又觉察到真正的你？

你自己的内心的需要是什么？

你以为的对方的需要又真是他的需要吗？

亵渎本该尊重的东西，这其实是对生命最大的亵渎。

我们要尊重的是什么？

我想，我们首先要尊重自己，学会直面自己的人生，学会勇于追求，学会迎难而上，面对学习生活中的困难我们必须学会思考，对于我们所看到的、听到的某些我们所“以为”的现象本质，学会去质疑，在质疑中思考，在思考中寻求真谛，因为我们有思想。

而这思想，正是我们的信仰。

有很多朋友建议我将自己的文字整理成册，变成一本书。

一本书，这意味着什么呢?

意味着我要为此投入更多的不眠之夜，意味着我要更加勤奋地守在电脑键盘前，仔细斟酌、反复推敲……

也意味着我要更加努力地坚持着自我的审视。

好吧!

在这个闷热的夏季，我将不惧挥汗如雨，不惧彻夜不眠，我会用文字的形式阐述我的感知，点点滴滴，细水长流。

但愿不负期望，不负君。

妈在哪，家在哪

还是先从一个故事开始。

女孩跟妈妈吵架了，一气之下，她跑出家门。

走了很长的路，她闻到了一个馄饨摊香气，顿时觉得饥肠辘辘。可是，她口袋里却一分钱也没有。

馄饨摊的主人是一个老婆婆，看到女孩站在摊子前咽着口水，老婆婆笑了。

“孩子，我请你吃一碗吧！”

女孩红着脸接受了。

很快，老婆婆端来一碗馄饨和一碟小菜。

女孩刚吃了几口，眼泪就掉了下来。

“你怎么了？”老婆婆问。

“我没事，我只是很感激！”女孩擦着眼泪，对老婆婆说，“我们又不认识，而你却对我这么好，愿意煮馄饨给我吃。可是我自己的妈妈，我跟她吵架，她竟然把我赶出来，还叫我不要回去！”

老婆婆微笑着说：“孩子，我只不过煮了一碗馄饨给你吃，你就这么感激我，那你自己的妈妈煮了十多年的饭给你吃，你怎么不感激她还要跟她吵架呢？”

女孩匆匆吃完馄饨，别过老婆婆。

在快到家的时候，女孩就看到焦急的母亲。

母亲看到女儿，走过去紧紧抱着她。

女孩的眼泪又一次模糊了双眼。

有时候，我们会对别人给予一点恩惠就感动不已，可是对亲人的一辈子恩情却总是忽视。

这就是我们，总是因为离开了家，才时常需要“想起”家。

我老家在山东，在这个城市也算是漂泊异乡。我时常在电话里听着妈妈的絮叨，将眼神移向窗外滚滚的新安江水。

那一刻，我觉得很幸福，很温暖。

《尔雅》对“孝”的定义是：“善事父母为孝”。

“孝”是稍纵即逝的眷恋，也是无法重现的幸福。相信每一个赤诚忠厚的孩子，都曾在心底向父母许下“孝”的宏愿，但愿来日方长，但愿水到渠成，但愿自己必有功成名就衣锦还乡的那一天，可以从容尽孝。

可惜，我们有的时候会忘记，忘了时间的残酷，忘了人生的短暂，忘了世上有永远无法报答的恩情，忘了生命本身有着各种的不堪和脆弱。

很多人提到孝道的时候会提问：你有多久没有给老父亲洗过脚？你有多久没有给老母亲剪过指甲？……

这些貌似有道理的问题总是让人猝不及防，又含愧于心，只是人们忽略了，孝心不是一种仪式，不是让别人观摩的范本，而是两代人心与心的沟通。

不知道从什么时候开始，我们传统文化中的许多美德都被遗忘了，很多人甚至都不知道二十四孝的故事，很多人都不知道

“闻雷泣墓”的典故，甚至很多人都不知道《弟子规》这本书。

前几年的一则新闻至今让我记忆犹新：一位25岁的留日大学生，因为向母亲索钱未果，居然在上海虹桥机场连捅母亲九刀，后来，母亲被送往医院紧急救治，儿子则被抓起来了。后来，这位母亲被治愈出院后，因为不想让儿子坐牢，居然宣称儿子有精神病。

就是这种对文化的遗忘，让现在许多人都没有了感恩的心，只知道索取，不懂得付出；只知道利益，不懂得温情……

我们是一个非常崇尚“孝道”的国家，古圣先贤无一不教导人要孝顺父母，又无一不是以自身作为示范。为人之善，首先就是要懂得感恩。因为，人做得最崇高的行为莫过于行孝，最纯洁的动机就是感恩。

父母对儿女的爱是最无私、最伟大的，为人子女最好的回报就是能静静看着他们挂在脸上的笑容，轻松而深刻，爱意浓浓。

总是有新朋友问我，家在哪里？

我总是会告诉他们，家在山东。

其实，我心里总是在告诉自己，妈妈在哪，家在哪。

在父母眼里，我永远都是长不大的孩子。

在父母眼里，我始终都在他们的襁褓之中。

尽管我是即将步入中年的人，但在他们面前，我从来没有觉得自己长大过。我还深深知道，不管走的有多远，父母身边才是家，那里是最温暖的归宿，那里有我最亲最爱的人。

对于父母而言，一桌山珍海味或是一个馒头、一座豪宅或是一处陋室，只要有面前儿女一点笑容，便毫无区别。

对于我而言，不管怎样的恩惠或给予，都不如父母的一杯白水、一碗面条更让我觉得穷此一生都难以为报。

这些年有了点成绩，总想好好孝敬父母，发现给爸爸的钱他分文未动的存起来，发现给妈妈买的衣服她总是整整齐齐地压在箱子里。每每如此，更觉得作为儿子的我，有万般幸运，有万般汗颜。

照片中的妈妈已经华发丛生了，恰恰是一个冬天，背景中的树又显得格外沧桑。每每看到这张照片，总是泪眼婆娑。

我在她的关爱中一点点长高，在她的期望中一点点成长，又是在她的切盼中离开了故乡。我总是会想起妈妈在替我收拾好行囊后告诉我的话："在外边，别想家。"

"老母一百岁，常念八十儿"。念及此句，不禁泪眼模糊。

可是，我又怎么能不想家呢？

从嗷嗷待哺到为人父母，从蹒跚学步到步入中年，一点点的成长中，一点点体会到了父母的爱是多么无私。每每念及于此，怎能不想家？怎能不想妈妈？

可是，我又发现我是多么的幸运，这些年的漂泊，正是父母的爱感染着我，总能怀揣一份感恩之心，对待亲人，也看待世界。

前些年，父亲生病住院，我站在父亲的病床前，白的墙、白的床单、白的被子，还有父亲苍白的脸。父亲看见我的到来，微微地笑着，脸上竟泛起一片红晕。那一刻，我突然发现在我心里如山般坚强的父亲原来也会如此脆弱，那一刻，我的心仿佛被一只手用力攥着，无比疼痛。

> 搴帏拜母河梁去，
> 白发愁看泪眼枯。
> 惨惨柴门风雪夜，

此时有子不如无。

也就是那一天，我突然发现父亲脸上的皱纹那么深刻，那么动容。

突然之间，我领略了爱的信念和力量。拥有它，生命会因爱而美丽，因爱而充实，因爱而温暖，因爱而懂得感恩生命的历程。

父母为子女撑起了一片天空，当我们伤心时、哭泣时、忧郁时、惶恐时，可以随时回到他们身边，享受他们的关怀和爱。

懂得感恩父母，是对自己人生最深刻的解读。世间千万种恩赐都不及父母养育之恩，“百善孝为先”，内心善良的全部释义就在其中。

懂得孝道，是对自己的珍视和尊重。有生之年，不要让自己在生命中留下缺失的遗憾，“子欲孝而亲不待”，这是何等的沉重！

知道了“孝道”，才会有仁爱之心，才会有感恩之心。

如今，我也是为人之父了，可是见到母亲，心底依然觉得自己就是一个孩子，在她的羽翼之下，无比放松，无比坦然。

如果你此时在读这些文字，如果你此时想起了父母，那么拿起你的电话，跟他们说说话吧。

要知道，这样做，不是给予，而是回报。

而且，这个回报，不过是沧海一粟……

二子的剃刀

最近这些年，总是全国各地到处跑，忙于生意，也疲于奔波。

人啊，都不容易！成功者不得不为自己的理想更加努力；失败者又不得不为成功奋发图强。

谁又不是为了生命的尊严在岁月中跋涉呢？

现在高铁方便多了，于是我出差更多会选择乘坐高铁，没有飞机发动机的轰鸣，没有开车的腰酸背痛，便捷而安静。

在高铁上，我发现这样一个奇怪的规律：

坐在商务舱的旅客往往是在看书，一等座的旅客大多在休息或者用笔记本办公，二等座的旅客却有70%的人盯着手里的手机。

于是我产生了一个疑问：到底是乘坐的位置影响了人的行为呢，还是人的行为习惯决定了其社会位置呢？

20世纪60年代，苏联发射了第一艘载人宇宙飞船，宇航员是我们大家都知道的加加林。在当时挑选第一个上太空的人选时，苏联几十位宇航员经过层层筛选，可是最终确定加加林仅仅只是因为一个细节：加加林进入太空舱的时候把鞋脱下来整齐地放在门口。主设计师认为只有把这飞船交给一个如此爱惜它的人，才会放心。于是，加加林成了人类第一个飞上太空的宇航员。

有个孩子叫二子，在师傅家学剃头，初学用冬瓜当“脑袋”练习技术。练习时，师娘常唤他买东西、哄孩子。每当这时，二子就得停下刀，去帮师娘的忙。二子总是把剃刀剁在冬瓜上，回来的时候继续练习。半年后，手艺学好了，可往冬瓜剁刀的习惯也养成了。这一天，二子给师傅的邻居剃头，初试身手格外小心，刚剃半截，师娘又招呼二子去干活，结果二子把剃刀往邻居头上一剁……

“思想引导行为；行为养成习惯；习惯造就性格；性格决定命运”，好的习惯是美好人生的行为准则。有好习惯的人，人生总不会太差的，而坏习惯的积累，最后有可能酿成大祸。

学习，就是一个非常良好的行为习惯。

这是一个大发展、大变革、大调整、大开放的时代，是一个变革与重构交织、机遇与挑战交融的时代。世界多极化、经济全球化深入发展，科技进步日新月异，知识更新不断加速，发展机遇稍纵即逝。是否不断学习、善于学习，能否通过学习汲取人类文明的先进成果，越来越成为组织及个人提高生存力和竞争力的关键因素。

学习是可以改变一切的伟大力量，学习让穷人获得财富，让富人变得高贵。学习，使心态变得平和，心胸变得开阔，心灵得到放松，境界得到升华。

现在的朋友圈总是充斥着各种“商业失败”的例子，哪一个听起来都很“悲惨”。但仔细想想这些人之所以失败的原因，都可以总结为“缺少商业思维”，他们根本不知道什么是真正的“商业”，更不懂赚钱的“游戏规则”，更多的人对商业是带着一种“赌徒”的心态，结果越陷越深，陷入绝境。

造成这一结果的因素，多是因为对这个日新月异的时代缺乏不断学习的认知。“成功学”教大家如何追求成功，而勤奋的学习则是教大家如何防止失败，一阴一阳，进攻和防守同样重要，这就是学习的目的所在。

别林斯基说：“我学习了一生，现在我还在学习，而将来，只要我还有精力，我还要学习下去”；因此人的一生只有不断学习，才会不断进步。

勤奋学习是人生成功的重要基石。

如果要想取得成功，就必须要有良好的学习心态，因为学习是给自己补充能量，只有输入，才会有输出。

尤其在当今知识经济年代，学习更为重要，知识更新周期越来越短，过时的知识等于废料，只有不断地学习，才能不断摄取能量，才能适应社会的发展，把自己的人生推上成功的巅峰。

孔子的弟子宰予虽然有一副绝好的口才，但却怠于学习。对于宰予，孔子不禁摇头叹道：“朽木不可雕也”。再多的责骂，如果自身缺乏求知欲，终于会被淘汰。

在这个日新月异、网络信息技术日益升温的时代，你如果每天不学习、不充电，那么很快你就会落伍，就会被这个时代淘汰。因此，无论在何时何地，每一个现代人都不要忘记给自己充充电。尤其是在竞争激烈的工商界和职场，个人必须随时充实自己、奠定雄厚的实力，否则便难以生存下去。一个有干劲的人，时不时地充充电，就不会被社会淘汰。

无论是管理、领导他人，还是求得自身人生真正的成功与辉煌，没有一项不是在学习中取得圆满。

有些人能立刻得到工作要领，并能灵巧地掌握，这实在是很难得。但这种人往往在中途就干不下去，甚至退步。

与此相反，起先摸不清情况，工作不顺畅的人，经多方请教，同时自己也认真用功并继续保持这种态度，大都会获得很大的成果。

人都是在许多人的帮助与指导下才逐渐成长起来的。比如亲人、师长、朋友等，在适当的时机恰当地施予，才能完成正常成长。可是，更重要的是对这种帮助与教导要自动去学习吸收。

大多数人从学校毕业后进了社会就失去进修的欲望，这之后就很难有什么进步。反之，学生时代即使不显眼，但步入社会后仍然勤勉踏实地学习，往往都会有长足的进步。保持求知态度的人是只有进步、没有停顿，总能一步一步踏实地发展。

对一份工作，许多人干一段时间就想放弃，而换一份工作就得有条件、有实力，而这实力就是来自于长久地坚持和学习。现代社会的机会很多，但是机会，只是留给在学习中时刻准备着的人。

假如想把现在的事业当作“混口饭吃”的工作，没有上进心，每天优哉游哉地得过且过，那么这种安定的情形要不了多久，被淘汰的日子一定在前方不远处。

与此相反，能将这份工作当作一个事业，不断进修、不断创造价值，始终保持“活到老，学到老”的态度，不仅仅可以让生活变得丰富，其事业的发展也是无可限量。

比尔盖茨说过这样一段话：不要让这个世界的复杂性阻碍你前进，要成为一个行动主义者，将解决人类的不平等视为己任，它将成为你生命中最重要的经历之一。

主动学习，朝着自己的方向与目标前进，保持一颗永远追逐着上进的心，不断去充实自己。这是学习后的奋发向上的力量！

我们可以瘦弱，可以贫穷，但绝不能愚昧。纵使家财万贯，身体强壮，但却糊糊涂涂活的浑浑噩噩，也无法获得尊重。

华罗庚出生在江苏的一个小县城，父亲靠经营一个小的杂货店维持家里的生计。他从初中毕业后由于交不起学费而失学，只好在小店里帮父亲料理店里的事务。在柜台上，除了账本、算盘外，华罗庚还放着数学书籍。他每天都要用很长时间钻研数学。有时，睡到半夜，他忽然想到一个解决数学难题的方法，便立即点亮小油灯，把它写下来。

华罗庚在贫病交加中刻苦自学，并发表了好几篇数学论文，这引起了清华大学熊庆来教授的注意。在熊教授的帮助下，华罗庚到清华大学数学系当上了管理员。这期间，他自学了英语、德语。

28 岁时，华罗庚当上了西南联大教授。

勤奋学习是人类生存的重要法宝。随着社会的不断发展，国家在政治、经济、军事、科技等领域突飞猛进，人类生存环境也在发生着日新月异的改变，一个人要想适应新的生存环境，就必须勤奋学习。懒于学习的人，实际是在选择落后，选择离开。

学习不仅成就个人，对国家、对民族的发展也起着决定性作用!

李时珍曾三次赴试，结果三次落榜。后来，他走遍了长江黄河流域，参阅了八百多种医书，经过二十多年的研究，最终写成了中外驰名的药物巨著《本草纲目》，成为著名的医学家。

学习是一个国家、一个民族进步的动力。随着科技的日新月异，知识的不断更新，君子之学必新，日新者月进也。“学习成就人生，知识改变命运”，只有学习型的组织，才能生机勃勃；只有学习型的企业，才能兴旺发达；只有学习型的民族，才能充满希望。

联合国教科文组织提出：“终身学习是 21 世纪的生存概念”。一个热爱学习的民族注定是一个强大的民族，纵观当今世界有哪个强大的民族不把学习、教育放在增强国力、提升民族威望、扩大世界影响力的首位呢?

学习就是一座桥，带着我们从无知走向有知，从幼稚走向成熟，从浅薄走向深刻，因为这座桥的存在，平淡的生活才会如此的色彩斑斓。

“吾生也有涯，而知也无涯。”学习的力量是无穷的，同时，学习的过程，也是因为“获得感”而快乐的。

终身学习是知识经济的成功之本，假如我们实现了这一目标，它将爆发出无限良机。

少年犹如艺术，只有不断学习才能创造看点；壮年犹如建筑，只有不断学习才能稳固；老年犹如历史，只有不断学习才能了解过去。人的一生之中，可能会失去与忘却很多东西与事物，但永远不能失去知识，不能忘却学习，少年不学将止步不前，中年不学将碌碌无为，老年不学将浑噩不觉时日。

学习是悄然无声的，点点滴滴的，它就如同春起之苗，不见其长，却日有所增。也许你每天感受不到它对你的影响，而当你在枯燥或兴趣的学习之路上，经过一个时间的跋涉之后，你会发现已经改变了许多，从此不再愚钝，不再迷茫，不再无所事事。

学习让我们有了更高的追求，更长远的目标和计划。当我们置身学习中时也许不会留下什么痕迹，只会感到时间的流逝，但却积淀了知识的财富，学习可能是枯燥无味的，但结果却是美妙的。知识改变命运，我们应该利用智慧和能力去改变身边的环境。

在高铁上，你坐在哪里，在做什么是你的决定，可是同时，你在做什么也决定着你的将来会怎样。

要么死，要么精彩

最近总是有朋友谈及企业“解决方案”的各种问题和见解，可谓论点繁复，很难一言以概之。

的确，任何一个企业都会面对发展瓶颈以及各种亟待解决的问题，每个企业家都会投入大量的人力精力以期获得解决方案。

人们在努力的过程中总结了一句貌似真理的话：“方法总比困难多”。

对此，我深深认同。

一休和尚几乎成为聪明的化身，在他还是一个小沙弥的时候，一位居士给一休和尚的师父送了一瓶上好的蜂蜜，师父视为珍宝，每天饭后便会捧出来细细品味，那感觉，犹如品尝天上美味一般。

小一休看着很馋，但是又不敢偷吃，一直以来，这都快成为一休的心病了。

有一天，师父有事要外出，临走时嘱咐一休：那个瓶子里是毒药，非常危险，你可千万别碰它。

一休心里清楚，师父这是怕自己偷吃，故意骗他。

师父走后，一休毫不客气地把整瓶蜂蜜都吃光了。那蜂蜜的味道很棒，一休和尚甚至连罐子都舔了一遍。

享用完毕之后，一休不慌不忙地把师父平时很喜欢的一只花瓶扔地上摔碎了，然后回自己的房间蒙头大睡。

师父办完事回来，发现蜂蜜没有了，花瓶也摔碎了，非常生气，不用问，这一定是一休干的。于是师父找到正在酣睡的一休，准备好好收拾一下一休。

岂料，被叫醒的一休还没等师父发话，就开始号啕大哭，边哭边说："师父，我犯了不可饶恕的错误，我打扫房间的时候不小心打碎了您心爱的花瓶，于是我想以死谢罪，就把您的毒药都吃了。我这是在地狱吗？"

师父一看哭得梨花带泪的一休，再看他"虔诚"的忏悔，立时觉得无话可说，只能安慰一休："好了好了，师父逗你的，那罐子里装的是蜂蜜，不是毒药。花瓶摔就摔了吧，以后小心些就是了。"

这个故事告诉了你些什么？

是的，办法总比问题多！

问题是生活的一部分，每天都有，每天都会发生。当问题发生时，有些人当它不存在、有些人苦思冥想以期找到原因、有些人抱怨、有些人逃避、有些人尽量想将问题合理化……

每个人面对问题都有他面对的方法，选择抱怨、逃避、借口，或推到别人身上的方法都比较常用，这些方法都有一个共同点：让自己心里好过些。

可是问题并没解决。

在解决问题和没有解决问题的过程中，另一个问题就来了。

问怎么解决？

好的看法和想法只是说说，解决问题的实质只有去做、去行动、去执行，想法才能变成方法。好的想法要在行动中才能得到检验和认定，通过实践证明了的方法才能真正有效地解决问题，并得到广泛认可和传播。在行动中发现方法，变换想法，在执行结果中收获经验，总结不足，才算达到了思考和行动的完美结合。否则，就是空谈空想、纸上谈兵，对问题的解决没有一点帮助。

可见，态度是一种神奇的力量。改变了看问题的态度，就改变了解决问题的角度。乐观者从困境中看到希望，悲观者从方法中滋生担忧；强者从坎坷中踏出通途，弱者在挫折中身心被缚；成功者条条大道通罗马，失败者望洋兴叹又添堵。

转换心态，变换视角，则化难为易；把握看法，实践想法，则方法为王。

20 世纪 50 年代，全世界都在研究制造晶体管的原料——锗，大家认为最大的问题如何将锗提炼得更纯。

日本新力公司的江畸博士和助手黑田百合子就此进行了探索，但总免不了会混进一些物质，而且每次测量都显示了不同的数据。后来他们反思：研究这一问题的目的，无非是要让锗更能制造出更好的晶体管。为何一定要将问题陷在如何将锗提炼得更纯这一点呢？

于是，他们去掉原来的前提，而另辟新途，即有意地一点一点添加杂质，看它究竟能制造出怎样的锗晶体来。结果在将锗的纯度降到原来的一半时，一种最理想的晶体产生了。

此项发明一举轰动世界，江畸博士和黑田百合子分别获得诺贝尔奖和民间诺贝尔奖。

由此可见，正确界定问题，非常重要。

无论什么问题，只要能找出问题的核心，即问题的关键所在，就一定能够找出办法解决它。

要把公司建成一个高效益的企业，管理者必须具备能够抓住问题关键的能力。然而，令人吃惊的是，现在还有很大一部分管理者抓不住问题的关键，或被传统和习惯所束缚而找不出解决问题的对策。

一叶障目而不见泰山，抓不住问题的关键就会制定出很多与实际问题无关的、没有实际意义的方案。同时，如果被传统和习惯所束缚，就会裹足不前，延误问题的解决，结果往往会使问题变得越来越复杂，更加难以解决。

任何一个问题，都有方法。同样，解决问题也有相应的法则。

我们生活的世界时时处处都存在着各种各样的矛盾，当某些矛盾反映到意识中时，个体才发现它是个问题，并要求设法解决它。

这就是发现问题的阶段。从问题解决的阶段性看，这是第一阶段，是解决问题的前提。把问题清清楚楚地写出来，便已经解决了一半！发现问题不论对学习、生活、创造发明都十分重要，是思维积极主动性的表现，在促进心理发展上具有重要意义。

要解决所发现的问题，必须明确问题的性质，也就是弄清有哪些矛盾、哪些矛盾方面，它们之间有什么关系，以确定所要解决的问题要达到什么结果，所必须具备的条件、其间的关系和已具有哪些条件，从而找出重要矛盾、关键矛盾之所在。

在分析问题的基础上，提出解决该问题的假设，即可采用的解决方案，其中包括采取什么原则和具体的途径、方法。但所有这些往往不是简单现成的，而且有多种多样的可能。但提出假设是问题解决的关键阶段，正确的假设引导问题顺利得到解决，不正确不恰当的假设则使问题的解决走弯路或导向歧途。

假设只是提出一种可能的解决方案，还不能保证问题必定能获得解决，所以问题解决的最后一步是对假设进行检验。通常有两种检验方法：一是通过实践检验，即按假定方案实施，如果成功就证明假设正确，同时问题也得到解决；二是通过心智活动进行推理，即在思维中按假设进行推论，如果能合乎逻辑地论证预期成果，就算问题初步解决。

特别是在假设方案一时还不能立即实施时，必须采用后一种检验。但必须指出，即使后一种检验证明假设正确，问题的真正解决仍有待实践结果才能证实。不论哪种检验如果未能获得预期结果，必须重新另提假设再行检验，直至获得正确结果，问题才算解决。

当然，事在人为。

任何事情，解决问题的一定是“人”。

每个人都必定要为自己的看法承担最后的结果，由此产生了责任和借口之分。凡事爱找借口的人，遇到困难会投机取巧地偷懒、应付和逃避，却不会思考怎样想方设法解决难题；遭遇失败会强词夺理地为自己辩解、牢骚满腹地诉苦成功“比登天还难”，却不能建立自信、鼓足勇气向成功发起挑战。

而一个有责任感的人，是从来不找借口的。借口的存在只能消磨人的意志和热情，却解决不了任何实质性的问题。

勇于担当责任的人，面对难题会深思熟虑，选择详尽可靠的方法来确保结果的万无一失，而不会仓促地做出决定，草率地行动，以及虎头蛇尾地收工；无论在生活上，还是在工作中，一个人具有负责任的态度永远能够赢得他人的尊重和信赖，而把一些难题和艰巨的任务交付给他们，收获的也是放心和称心如意。

都说“要战胜困难，先战胜自己”。很多事例证明，一些看上去超乎寻常的困难都是源自内心的恐惧被放大的结果。怯懦、脆弱、不自信、缺乏耐心、意志力不强等各种心理因素阻碍着我们的成功，导致不战自退的失败结果，而连续的挫败感和一蹶不振的萎靡状态足可以击溃一个人的斗志和积极性。

实际上，并不是困难或难题难住了我们，而是我们被自己的内心所束缚了。一些经验、观念和思维定式让我们在困难面前畏手畏脚，在决策面前优柔寡断，在难关门口不敢突破，这些都成了一道需要我们去跨越的沟壑。

解决问题是需要勇气和力量的，战胜困难也要借助信念和意志的支撑，才能跨越鸿沟、攀上成功的顶峰。相信自己，一切就有可能；战胜自己，就等于战胜了第一道难关。

逃避问题的是懦夫，解决问题，才是自己生命中的英雄。

这个道理看起来有些模糊，那么，我们去看看《鲁滨孙漂流记》的鲁滨孙，在一次航海中发生意外，他流落到了一个荒无人烟的孤岛上。在岛上生活的 28 年中，没有食物，鲁滨孙就尝试打猎、驯养山羊，种植小麦，晒野葡萄干；没有房子，鲁滨孙自己搭建并制作桌椅、陶器等生活用品……

在解决问题的过程中，鲁滨孙也同时成就了自己的“英雄”气概。

种瓜南山下，瓜熟子离离；一摘使瓜好，二摘使瓜稀；三摘犹可为，四摘抱蔓归。

选择决定一切，如同这首“黄台瓜辞”中写到的过程，看起来只是摘瓜，但每一次的结果却截然不同。所以，我们的人生有很多种选择，事物都有它的两面性，也许你的一次抉择可能让你看到海阔天空，也可能让你又一次碰壁，恰恰就是这一选择和实践的过程，构成了我们精彩的人生。

每个问题一定有其解决的方法，现在不能解决，也只是因为还没有找到方法而已。问题本身并不是问题，重要的就是解决问题过程中你用什么样的态度对待自己。

解决的问题多了，相应的经验自然就会丰富起来，下一次面对问题时，就更加容易找到解决方法。由此，获得的能力越强，自信心也就越强，这是一个良性循环的过程。

反之，假如你一贯逃避、抱怨、找借口或者试图推脱问题所在，你的能力将会进入一个负增长的状态，直到有一天，你被“问题”包围。

每个人在社会上扮演着不同的角色，面对着不同的问题，很多人难以适应环境的变迁、家庭的变故以及身份的变换。在追逐于精神和物质富饶的过程中，我深信只有体现个人价值，才会懂得社会价值的重要性。

所以我常说：视野决定思路，思路决定出路。

用一句时下比较流行的观点：“要么赶紧死，要么精彩地活着。”

在思考问题的同时，试图去解决问题，这不仅是生命的乐趣所在，更是生命旅行中对自己质的提升。

承担责任，解决问题，做自己生命中的英雄吧！

做人与做事

凌晨6点，你在做什么？与周公厮磨还是正在往枕头上擦拭自己的口水？可这时李嘉诚已经听完了BBC早间新闻坐上了去公司的车，而苹果CEO库克已经在健身房里锻炼1小时了。

认识一个40多岁的“姑娘”，在熟人圈里一直都是以“骨灰级”女神著称。也是，已经是两个孩子的母亲的她身材依旧曼妙似少女，脸上也没有一丝皱纹。18岁的儿子谦恭孝顺，已经被国内某顶尖大学录取。我们羡慕她的活力和美满的家庭，用她的话说“美女都是狠出来的，漂亮日子都是挺出来的”。

该女神也有过一段相当晦暗的时光，她怀孕期间爆肥了30斤，从少女变成“大婶”，又突然发现丈夫与其他女性保持暧昧，她心情十分糟糕。可是上天似乎是跟他开玩笑一般，产假结束之后，回到公司之时她已经跟不上公司的节奏了，一下从中层管理人员被降职为普通员工。

消沉了一段时日，她觉得她的人生不应如此，于是她开始了一段长达10年的逆袭之路。迎着5:30分的朝阳，跑步看尽城光，紧接着做2小时的瑜伽，然后上班。在上班的间隙还会做一些幅度小的锻炼，下班之后教完孩子，还会再看1个小时的专业书，学1个小时的英语。如此天天坚持，雷打不动，十年如一日。十年之后她重回中层管理岗，又过了一年之后成为公司核心管理层，公司领导对她的评价是“这个公司缺了谁都可以，就是不能缺少她。”

一如李嘉诚、库克6点起床的勤奋，一如他们勤奋背后的坚持；也一如“骨灰级”美女的坚持和向上而生的坚决不服输的上进。

这些人做的事都十分漂亮，所以收获了旁人羡慕的目光，可仔细想想每一件漂亮的事的背后哪一个不是一个或者数个漂亮的做人方法！

没有优秀品格的人，也做不出漂亮的事情！

很难想象一个缺乏勤奋力的人，会把自己的企业做得多大；很难想象一个缺乏上进心的人，会破釜沉舟把日子过成自己想要的日子。

只有漂亮地做人，才有做漂亮事的机会。一个谦卑、勤奋、厚道的人，结局总会是不错的。

1997年亚洲爆发金融风暴的时候，受亚洲金融风暴波及，台湾汽车、东隆五金等公司陆续爆发地雷股危机，台湾中部地区许多上市公司都垮在了这场金融危机中。

有制造公司因为拖欠供应商的费用，在当时的台湾，经常可以看到供应商拉着“还我血汗钱”的横幅，高喊口号要账。甚至这在新闻里都见怪不怪了。

可是，有一个公司却非常特别——台中精机。

同为制造企业，同样依靠供应商的协作，同样欠下巨款的台中精机却没有谁来要账。

在金融危机期间，台中精机因财务杠杆过度操作，20亿元融资遭银行冻结，顿时陷入困境。可是在这样的窘境中，台中精机却显得异常平静，订购客户没有抛弃他，供应商也是照常为他们提供零件。面对其他竞争公司频频挖墙脚的行为，台中精机的高层主管也没有一个跳槽的，他们陪着台中精机，一起度过了最艰难的阶段。

究其原因，这竟然与上一辈的诚信经营有关！

在台中精机第二代总经理黄明和之前，他们的早年客户多是师徒相传的手工作坊。黄明和的父亲看这些人在创业初期资金短缺，总会大方地要他们先将设备拿去用，日后手头宽裕再付款。有的下游经销商没钱进货，他则让人家先将机器拿去卖，赚了第一笔钱打好基础后，再还货款。

由于黄明和父亲总会替人着想，培养了许多感情深厚的客户。就是因为上一辈人的厚道待人，几十年前的一片真心，使得黄明和与台中精机得以在金融危机里存活，最终渡过难关。

天助自助者。所谓自助，其实就是过去你所积攒的助人之德，这份德行，无需用豪捐去粉饰，只需用厚道去践行罢了。

厚道的人会以一颗真实的心去对待自己生命里的每一个人，以一种靠谱的姿态去完成别人托付他的事情。将真心给予别人，用靠谱回馈别人，必将会收到别人的真心和帮助。

自助者，人恒助之，就是如此。

其实，做人与做事是分不开的。

做人是在做事的过程中体现出来的，做事的目的是要让人做得更有价值。两者互为条件，互为前提。

孔子曰："行有余力，则以学文"，把做人列为头等大事，学识列在其后。在儒家文化中，修身、齐家、治国、平天下是人生进修的阶梯，"修身"，也就是学做人，则是人生的第一堂课。只有学会做人，才能成事。

在这一原则的基础上，孔子又提出了"恭、宽、信、敏、惠"五字为人要领。对人恭敬就不会受到别人的不恭敬；对人宽容就会受到别人的拥戴；对人讲信誉就会受到别人的信任；用心为人办事就会在别人的帮忙下取得成绩；能够真心给好处别人就能够调动其人力资源共同成就事业。

在我看来，简单地说，做人必须要有三个原则：良心，爱心与初心。

良心就是道德品行，是做人的第一要义。良心就好比人生大道，人若是偏离了良心的大道，自然就会失去敬畏之心，做出出格的事情也就是意料之中了。良心的偏离，可以使某些人为了自己的个人利益可无所不为，把自己的享受建立在别人的悲痛之上，这也注定了他们的失败。

爱心，包含着感恩之忠厚、怜悯之慈悲。完全可以想象，一个薄情寡义之人，怎么可能获得别人的帮助。正如鲁迅所说：“无情未必真豪杰，怜子如何不丈夫。”用爱心端正自己看待人和事的眼光，自然就会被别人的“爱”包围。

初心，就是给自己的目标定义。人心欲望的沟壑难填，没有一定的目标则容易于陷入私心泥潭，无法自拔。孟子提倡“君子”大道不谋而合“仰不愧于天，俯不愧于地”。初心，可以拥有精神的自由和高尚的节操，让人高山仰止。

1860 年，作为美国共和党的总统候选人，林肯参加了总统竞选。他独自一人四处发表巡回演讲，为自我做宣传，他没钱雇人为他服务。而林肯的最大对手民主党候选人道格拉斯则是个有钱人，坐着专列、带着乐队，浩浩荡荡地在美国做巡回宣传，很是风光。他的专列上还配有礼炮，每到一地，便鸣放 32 响礼炮，发表演说，向人们炫耀显赫的贵族出身和雄厚的经济基础。

与道格拉斯相反，林肯什么都没有。

有人在林肯演说的时候问起他的家庭情况，林肯正色地说道：“我有一位值得我钟爱生命的贤妻，三个聪明的孩子，他们是我的无价之宝。此外，我还租有一间办公室，里面有桌子一张，椅子三把，墙角有书柜一个，书柜里的书，每一本都值得大家好好读读。我的大概情况就是这样。我实在没有什么能够依靠的，唯一能够依靠的，就是你们。”

林肯发自内心的演讲，深深感动了听众，赢得了万千美国人的心，他终于击败了财大气粗的道格拉斯，成为美国历史上第一位平民总统。

林肯的做人魅力，为他赢得了人民的爱戴。

人品是一种力量，因为人品的树立，便会居安思危、谦虚谨慎、谦卑善良、刚正不阿……

纵观人的一生，做人是一项终身任务，做事是一个阶段课题。

现在的人们常说：“做人难！人难做！难做人！”

做人做事，的确不是一个小问题，而是伴随人生命的重要课题。

通常状况下，有两种人十分值得同情。一是被人说成“是个好人，但没什么潜质”；二是“有潜质，但为人太差劲”。

前者，做事有心、待人诚恳，但限于知识不够、领悟力不强、执行力太弱、办事没有效率等因素的限制，做事的成功率不会高，反而往往误事。

后者，精明强干，做事有执行力，也不乏魄力，但太主观，不怎样顾及别人的感受，有时还携带私心侵害了别人的利益，做了事的同时也确定了“出局”的结局。

前者，别人理解了做事的诚意，但事情的结果又否定了为人，可怜；后者，则上升到社会处世原则上，直接否定为“人品问题”人，不会有长期的作为，更是可怜。

这两种人都很失败，关键是没有处理好做人与做事的关联。令人苦恼的是，这点道理大家都知道，可就是处理起来不太圆满。

这种苦恼伴随着人类社会发展的整个过程，是今人的苦恼，也是古人的思考。两千多年前，孔子在冬雪万里、风舞长空的中原大地流浪时，与学生们讨论最多的就是这个问题。

孔子提出了为人做事的三个标准：太上有立德、其次有立功、其次有立言。第一等的“立德”，是在做事的过程中，树立了道德教化的榜样；次一等的“立功”，是成就了事业，为大众谋取了福利；再次一等的“立言”，是探索建立了做事的规范。

在这人生“三立”中，孔子在做人、做事的考察过程中加进了一个最重要的元素：那就是第三方——你是否给他人道德的感召、给他人带来了利益、给他人树立了行为规范的指引和警示。

这就是做人、做事的一个重要原则，“人品利他”原则。

今天，当人们谈及身边的社会，总是有诸多“苦恼”，这苦恼其实是源于对历史的淡漠。在“先做人，后做事”的要求中，做人的原则是融于灵魂的，早在千年前的那场风雪中，孔子已经告诉了我们。

如果，我们都愿意理解那一个来自两千年前的遥远指引，在处理做人、做事两者关联的过程中，加进“人品”和“利他”原则，在做人时靠“人品”，在做事时多“利他”，人和事就会融于一体，通顺而祥和。

先做好人才能做好事，如何“做人”其实是一个缥缈的概念，需要在生活中不断用心去体悟，去学习。这是一个很长的周期，而且没有指导老师，全靠个人自觉。

生命当中，或多或少都会有一些沉浮，没有谁的人生永远旭日东升，也不会永远痛苦潦倒。对于我们而言，正是需要这种磨炼而涅槃。因此，浮在上方的，不必骄傲；沉在下方的，更用不着悲观。用善心、爱心和初心一路走下去，自然会看见风雨后的彩虹。

道不同，不相为谋

经过徽州的目酣神醉，经过杭州的水木明瑟，申城的六月，正是沉李浮瓜的时候。

对于事业而言，我从未感到劳累，或许有时候会有些身体上的疲惫，可是心里，总会为做成某件事而感到宽慰。毕竟，做事是源自于心的快乐。

刷朋友圈时，偶然看见了一个认识的正在创业的年轻人，晒出了一张在一个创投大会上与天使投资名人的合影，并且配上了一段“今得老师赏识，对我们项目表现了极大的兴趣，与有荣焉，我们会继续努力的”的感慨。画面上是这个投资名人如同工艺品般严谨又不失谦和的微笑，那旁边是一个眼角都藏不住笑意的年轻人。

在这个创业如潮的年代，每个人都期待着成功，期待着一不小心成为众投资的“聚焦”点。因为梦想很远很长，在奔赴目的地的时候，都期待着能少走弯路，迅速成功。

只是，创业的初衷被模糊了边界。

不难发现，身边的环境充满着浮躁的气息。

创业，需要自己担负对自己理想的责任来，不是得过且过，而是奋力拼搏。在拼搏的过程中，懦弱、颓废、茫然以及无助都会被一一战胜。

在这个新世界里乘风破浪时，能依靠的不是某个名人，不是起点的高低，而是所掌握的知识和技能。力量不会源自你的盲目，而来自于想象力和视野。

经常看到各种创业的故事，大都如数家珍般记录了如何苦、如何累、又如何百转千回，虽然各有迂回，大致的内容基本千篇一律。关于创业，从其字面的含义而言，无非是“创造事业”，可这简单的一句话背后，还有着更深的含义。

不知道有没有人想过，创业更深层的意义在于“以理想为蓝本去创造体现自身存在意义的事情”，这个解读，却始终被现在的创业者所忽略。

创业，不仅是为了赚钱，如果这是唯一目的，恐怕就不会有微软，不会有华为，也不会有摩根士丹利。创业的意义本身就是定位于作为社会一员的你如何体现存在的价值，通常，这个价值观一旦被确认，便会成为一个终极目标，剩下的，就是一路奔赴目的地所经历的山穷水尽和柳暗花明。

创业，是一个智慧的放大，是一个呕心沥血的不断提炼、不断完善的过程，恰恰是在完成这一过程中的点点努力，才是一段求知的历练。

成功，也不是源自你的勇敢和智慧，而是源自你的团队，你的合作人。

这其中，选择合作伙伴也将成为你决定成败的一个抉择。因为，任何成功的背后，都不是一个人的奋斗。

《三国志》中，孙权有云：能用众力，则无敌于天下矣；能用众智，则无畏于圣人矣。

《吕氏春秋》有云：万人引弓，共射一招，招无不中。

孟子有云：天时不如地利，地利不如人和。

选择合作伙伴如同选择终身伴侣，而其中最重要的标准是价值观的一致，没有这一点共识，就不会有同甘共苦，就不会有共赴磨砺。

价值观是什么？比如穆斯林是一种信仰，基督徒是一种信仰，佛教徒同样是一种信仰，无神论者还是一种信仰，信仰不同，对信仰的理解就不同。

所以，价值观就是信仰！

这个信仰，必须是合作伙伴共同坚守的。

同样的信仰，才会造就一个团队的无私和笃信。

加利福尼亚大学做过这样一个实验：把6只猴子分别关在3间空房子里，每间2只，房子里分别放着一定数量的食物，但放的位置高度不一样。

第一间房子的食物就放在地上，第二间房子的食物分别从易到难悬挂在不同高度的适当位置上，第三间房子的食物悬挂在房顶。

数日后，他们发现第一间房子的猴子都受了伤，一只缺了耳朵，另一只断了腿，奄奄一息。因为这两只猴子一进房间就看到了地上的食物，于是，为了争夺唾手可得的食物而大动干戈，结果造成了互相伤害。

第三间房子的猴子也奄奄一息。由于食物挂的太高，这2只猴子虽然各自做了努力，但因难度过大，都无法够到食物，被饿得够呛。

只有第二间房子的2只猴子活得很是滋润。先是各自凭着自己的本能蹦跳取食，最后，随着悬挂食物高度的增加，难度增大，2只猴子学会了协作。于是，一只猴子托起另一只猴子跳起取食。这样，每天都能取得食物，大快朵颐。

这个猴子的实验就是协作精神的佐证。

在诺贝尔奖设立的前25年，合作奖占41%，而现在则跃居80%。在最近这些获奖者项目中，因协作而获得成就的，占三分之二以上。

合作正成为一种工作方式的潮流被更多的企业者所提倡，如果我们能把容易的事情变得简单，把简单的事情也变得很容易，我们做事的效率就会倍增。而合作，就是简单化、专业化、标准化的一个关键，世界正逐步向简单化、专业化、标准化发展，于是合作就理所当然地成为了这个时代的产物。

一个装扮像魔术师的陌生人来到一个村庄，他向迎面而来的人们说："我有一颗汤石，如果将他放入烧开的水中，会立刻变出美味的汤，现在，我需要一口大锅和清水"。

于是，有人就搬来了锅，有人提来了水，并且架上炉子和木材在村里的广场烧了起来。

这个陌生人很小心地把"汤石"放入沸腾的锅中，然后用汤匙尝了一口，很兴奋地说："太美味了，如果再加入一点洋葱就更好了"。

立刻有人回家拿来了洋葱。

陌生人又尝一口："太棒了，如果再放些肉片就更香了"。

又一个妇人回家端了一盘肉。

"再有一些蔬菜就完美无缺了。"陌生人又建议道。

在陌生人的指挥下，有人拿了盐，有人拿了酱油，也有人拿来了其他材料。当大家一人一碗蹲在那里享用时，他们一致认为这真是天底下最美味的汤。

而那汤里的"汤石"只不过是陌生人在路边随手捡到的一颗石头。其实只要我们愿意，每个人都可以煮出一锅如此美味的汤。

当你贡献自己的一份力量时，众志成城，"汤石"就在每个人的心中。

古语有云：道不同，不相为谋。

你以怎样的态度面对世界，你的世界就会回馈你怎样的姿态。

没有同样的兴趣爱好，同样的思想深度，或是同样的个人品行道德，思想追求的人，他们根本就不是同一个世界里的人，像没有交点的平行线，就算是强拧都拧不到一起的。

这其中，选择怎样的合作伙伴也将是成败的关键。

所谓物以类聚，人以群分。选择怎样的伙伴某种程度上也是对自己的一个扪心自问的过程。你想吸引到怎样的合作伙伴，至关重要。

柳青在加入滴滴打车之前是高盛最年轻的董事总经理，年薪千万。而彼时滴滴打车在国内市场份额很小，普及率并不乐观。

可是柳青毅然加入了滴滴打车的团队，究其原因，只是因为柳青和滴滴打车创始人之一的程维“在骨子里有着很相似的人生态度”。就是因为他们的合作，有了今天跻身前列的“滴滴”市场。

优秀的人身上都有一种特殊的磁力，这种特殊的磁力只对同样优秀的人有着吸引力。想吸引到优秀的员工和合伙人，创业者身上必须有这些特质：

诚信：人无信则不立，一个连诚信都做不到的公司也难以在社会上立足。无信，不得人心，何以存活？再强的能力，没有“诚信”作为基础也是难以转化为价值的。

胸怀：所谓“胸怀”其实就是一种“大局观”，可以驱使着创始人为了集体利益敢于牺牲个人利益，这是一种着实的远见。有胸怀的创业者，必定都有着能够认真听取别人意见，进而改进和提升自己的能力。

勤奋：努力不一定成功，但不努力一定会失败。合作者唯有勤奋地不断尝试，在错误中寻找真理，才能最终拥抱成功。一次成功的创业需要多久并不重要，重要的是，这群为了梦想坚持不懈的合伙人拥有的力量。

大雁是一种集胸怀、诚信和勤奋于一身的动物。

它们天生就有一种合作的本能，在飞行时，大雁保持 V 字形队列。这些雁飞行时定期变换领导者，因为为首的雁在前面开路，能帮助它两边的雁形成局部的真空。科学家发现，雁以这种形式飞行，要比单独飞行多出 12% 的距离。

由此可见，合作者的品格可以产生一加一大于二的倍增效果。

《中国式合伙人》有这样一句台词："千万别和好朋友合伙。"

听完后，我笑了。

是的，我从内心唾弃这句话。因为电影里把"好朋友"的概念偷梁换柱了。试想，连价值观都不相同，如何会成为推心置腹的好朋友呢？电影所谓的"好朋友"不过是酒肉朋友尔，如此，合作的意义又何在呢？

我尊重任何不同的价值观，但我永远坚持自己的价值观。要知道不是每个人都会对事物有相同的理解，固然求同存异是一种交往方式，可我更愿意奉行"道不同，不相为谋"的标准。

我的存在可以被忽略，我的成败甚至也可以被忽略，但我内心的目标不会变，我人生的价值观更是我行为的标准，永远不会因为别人的认同或反对而动摇。

作为社会的一员，我有必须担当社会赋予我的责任。

这，就是我的价值观。

我要感谢我的小伙伴们，在与他们的合作过程中，我很幸运地选择了他们也被他们选择，一路走来，不离不弃，肝胆相照。

感谢你们！

国足之殇

进入六月，总发现街上走的人很多都“戴”着黑眼圈，才意识到欧洲杯开赛了。

想想足球已经离我很远了，能够回忆起来的最后一次热衷，也是大学时期。那时，总是熬夜看球，总是会为卡卡、罗纳尔多、贝克汉姆的每一次亮相而激动不已。

那时，看足球是一种潮流，因为周围朋友的话题很多都跟足球有关。

那时，看足球是一种享受，因为强队之间的每次对战都是赏心悦目的。

唯一不变的，就是那时的中国足球跟现在一样臭。

记得曾经流行的一个段子——

停球：把球停到自己脚下10毫米的，是巴西球员；把球停到自己脚下10厘米的，是德国球员；把球停到自己脚下10米的，是中国球员。

传球：能够做出50米外精确长传的，是英国球员；能够做出5米内精巧二过一的，是阿根廷球员；能够在5米内短传丢球、并且5过1都能丢球的，是中国球员。

带球：能够把球从本方底线带到对方半场的，是荷兰球员；

能够把球从本方底线带到对方底线的，是巴西球员；能够把球从本方球员脚下抢断并带到本方球门里的，是中国球员。

射门：能够在 30 米外劲射破门的，是德国球员；能够通过精妙配合在门前 3 米打门进球的，是葡萄牙球员；能够在罚点球时把角旗打翻的，是中国球员。

体能：能够狂奔 90 分钟而面不改色的，是韩国球员；能够狂奔 90 分钟，仅仅汗流浃背的，是南美球员；能够散步 90 分钟，倒地抽筋的，是中国球员。

速度：能够跑得比球快的，是荷兰球员；能够跑得跟球一样快的，是英国球员；能够跑着跑着找不到球的，是中国球员。

踩单车：能够连踩 8 个单车，得到点球的，是巴西球员；能够连踩 3 个单车，突入禁区助攻的，是葡萄牙球员；能够踩半个单车，把自己摔成骨折的，是中国球员。

……

我就纳闷了，这么多年过去了，怎么国足就不见长进呢？

有一种球员，叫做人家的球员。人家的球员，不管是大牌还是新人，都能团结紧密，荣辱与共。而我们的球员，不管是大牌还是新人，都能喝酒打架，只要不上场，都是英雄。

这就是中国足球的现象，因此，国人骂国足也绝对是“必须”的，不是藐视或厌恶，而是我们球迷恨铁不成钢的爱。

中国有 13 亿人，却培养不出 11 个会踢球的。而特立尼达和多巴哥两个小国总人口加起来还没北京市人口多，但人家的足球水平却比我们高许多。

真是难以想象。

据权威人士所说，我国青少年足球人口（以每周进行两次足球训练计）才 5 万左右，按照这个数字于我们人口的比例而言，实在是着急。“足球要从娃娃抓起”的口号喊了几十年，当年的娃娃都是娃娃他爸了，可我们的后备力量呢？还是那5万！

单就踢球的比例来看，国足走不远不是什么奇怪的事。荷兰是个小国，但人家每15个人中就有一人踢球，足球人口远超过我们。在亚洲，按照足球人口排序，中国根本就排不进前十位。

曾经有一次出差北京，受一个球迷朋友的邀请，有幸亲临现场看了一场足球赛，遗憾的是实在想不起来当时对阵的是哪两个队，想来真是对不起朋友的盛情和好几百一张的门票。

但是，我依然记得当时大约有一百多观众，和在场维持秩序的警察人数差不多，于是我问朋友：“为什么警察比观众多？”

朋友毫不犹豫地告诉我，这算好的了，有时候好几百警察维护秩序，看球的就几十个。

中国足球市场看来并非我所想象的那么大，于是我就不明白足球腐败涉及的金额怎么会如天文数字般？为什么会有那么多人飞蛾扑火般投向足球腐败中？

原国家体育总局足球管理中心女子部主任张建强、足协官员足管中心主任南勇、足协专职副主席杨一民、足协裁判委员会主任谢亚龙、国足领队蔚少辉……这伙人的浮出让我们震惊的发现，原来中国足球组织如此腐败，原来中国足球假哨、黑哨如此平常！

就是这伙人管理着足球，就是这伙蛀虫糟蹋了中国的足球，愚弄了球迷的热情，也正是这样的一伙人践踏了国人对足球的热爱。

试想，在这样一帮人的操纵下，国足能有长进吗？

球迷就是被这样一帮人愚弄着，当我们以虔诚之心为球队呐喊助威时，而场上两个队的输赢早就有了定数。看似神圣公平的联赛，成了一场场滑稽的表演。运动员成了演员，活蹦乱跳、挥洒自如，不是为了踢一场足球，而是在给球迷上演一场“话剧”。

试想，这样一群球员，连基本的体育精神都没有，怎么可能走向世界？

在所有的竞技项目中，我们基本上都有所建树。拿 2008 北京奥运会来说，我们获得了 51 块金牌，远远超过称雄体坛多年的美国和俄罗斯，绝对是世界体育强国。

但是说到足球，我们立刻就蔫儿了。任何能亮瞎眼的赛事都没有我们什么事儿，就算偶尔有中国队的身影，也不过是昙花一现，如同我们经常在厕所里看到的标语“来也匆匆，去也冲冲”。

在 2001 年的足球黑哨案中，足协最终只是对有贿赂行为的山东鲁能、上海申花、大连实德等 6 支球队和十余名相关俱乐部管理人员进行了罚款，这种不痛不痒的处罚让人费解。

更让我不解的是，为什么韩国针对足球反赌扫黑可以做到雷厉风行、速战速决，对涉事者和球队判刑、禁赛毫不手软，甚至有足球官员发现大势已去，用自杀的方式以谢天下。而中国足球的反赌扫黑，却像旧社会老太太的裹脚布一样又臭又长，最终演变成一出肥皂剧。

公平和公信力不仅是职业联赛，也是整个社会正常运行的基石，玷污这个原则，联赛将面临崩溃，社会也会陷入混乱。

是中国没有踢球的人才吗？不是！是中国人对足球的期待太低吗？也不是！

是中国没有培养人才的机制吗？更不是！

是中国职业足坛被腐败玷污了！

我们这么多球迷怀着赤诚的爱国之心热爱足球，像盼望自己的孩子学习进步一样盼望着中国足球的进步，哪里有中国队的征程，哪里就有中国球迷殷切的眼神和忠实的身影。

可就是这些满怀期待的球迷，愣是被足协的一群蛀虫耍了！

国家的富强，是每一个国人担负的责任和义务，我们必须怀有敬畏之心，让自己行端立正，不管你在什么位置，不管你是什么角色，知耻方能戴荣，这是构建“中国梦”的根本！更是体育精神的宗旨！

正如肯尼迪所说“一个人不要想着国家能为你做什么，你要想着是你能为国家做什么。”

但愿我们的足球可以在健康的环境中慢慢成长，我们不在乎这会用多久的时间，只在乎这只中国足球队是否能无比尊严地存在着。

第二章　和　鸣

如今，在金钱和利益的冲击下，我们的信仰极度缺失，道德大幅滑坡，很多人缺乏“敬畏之心”。传统的敬畏之心被忘记，新的敬畏之感又缺失，“生于忧患，死于安乐”，作为国人的一员，我们是不是该考虑重塑国人的“敬畏之心”？

放下手机，拿起书

我喜欢阅读，因为在阅读中可以感受来自心底的那份快乐，这快乐，是一种充盈的饱满，一缕馨香，一片安然。

“多年以后，面对行刑队，奥雷里亚·诺布恩迪亚上校将会回想起父亲带他去见识冰块的那个遥远的下午。”——安东尼·马尔克斯《百年孤独》的开场白，多么充满诱惑和煽动！可是，我不知道，有多少人用心去读过这本书。

“这是一段回忆。1996年2月一个多云的上午，我收到家母从圣路易斯寄来的邮件，是情人节包裹，含一张粉色浪漫贺卡、两根四盎司的Goodbar巧克力棒、一颗别在线圈上的心形镂空花纹饰品，以及一份神经病理学家做的家父的脑部尸检报告。”

——乔纳森弗兰岑《父亲的脑》的开篇，书中的故事你是否愿意去读？

“一天，蒙田在巴勒丢克看到西西里国王勒内的一幅自画像，于是，他提出了一个问题：‘既然他能用蜡笔为自己画像，难道我们每个人拿起笔来描绘一下自己就不合法吗？’”——弗吉尼亚·伍尔夫《蒙田》的开篇，你可否在这本书的文字中找到那个一直被遗忘的自己？

这些书，都是我心目中的经典，无一不让人受益匪浅，无一不让人灌溉心灵。可是已经很久了，似乎从来没有哪个朋友向我提及。或许，是这些书被遗忘了，再或许，是没有人曾告诉你。

请问，这些书，你能在手机上看到吗?

就在不久前，首份中国城市阅读指数研究报告发布。报告显示，去年我国成年人人均阅读纸质书4.56本，比2014年的4.77本又有减少。

耐人寻味的是，这份报告还附上了其他国家的阅读数据：韩国是11本，日本20本，以色列则达到了64本。

毫无悬念，当下国人的阅读方式上，纸质图书完败于手机。近几年，政府机构和媒体发布了越来越多的公益广告，劝勉国民多读书、读好书，但是貌似没有什么效果。手机已经成了国人最最重要的一种工具，几乎无可替代。

中国是一个有着悠久阅读历史的国度，只是，这似乎逐渐成为过去式。

再看看我们的现实生活，很多居民区周围没有书店，很多家庭没有书房，很多卧室的床头没有书本……

取而代之的，是人们手里的手机。

一部手机握在手，足以玩转一整天。移动互联网、社交媒体的兴起，令大批“手机族”趋之若鹜，人们阅读的内容变成了微博、微信中那短短几十字。当新鲜变成习惯，习惯变成依赖，我们有限的精力就这样被大量消耗在快餐文化之中。在公共场合，如火车、地铁、候机大厅等，总是同样一种场景，人们都在拿着手机或者iPad来打发时间，如果发现有人拿着一本书在阅读，那么他很可能是个老外。

前些日，和朋友一起去喝咖啡，店里有免费的Wi-Fi，这位朋友一会儿刷朋友圈，一边不停地做手指运动，和我聊天似乎是在有意无意中进行着。

不巧的是，他的手机突然没电了，我注意到他懊恼地把手机翻过来倒过去。在接下来的时间里，他的眼神似乎越来越涣散，我猜想一定是为手机没电而焦躁。看此情景，我果断的结束了我们之间的“聚会”，好让他能在“虚拟”世界中重生。

大学时的一位同学，每天都在微博上更新消息，差不多半个多小时或一个小时就发一条，字数也不多，大多是记录自己某一时刻正在做的事情或者心情。有时候是“忙死了”，有时候是“累毙了”，有时候是“和父母在一起吃饭真开心啊”。

终于有一天，我忍不住在微信中问他：既然忙得要死、累得够呛，你干吗不好好休息，好好享受和家人在一起的生活，却整天拿着手机呢?

他回复我说：一时半会儿不发信息，就好像漏下了或者错过了天大的事情，我就会变得很焦虑，我想我可能患上了手机综合症了。

还有一位画家朋友，要去一个偏远的山村采风，临行前，他不无忧虑地说：“我担心在那里找不到信号”。果不其然，在他外出的那段时间里，他的微信朋友圈没有任何动静，每天活跃在网络世界的一个人就这样消失了。

等他结束采风回来后，我看他蓬头垢面，精神颓靡，像是经历了一场浩劫。他说：“在那里，我大多数时间都没法上网浏览信息，没法看别人给我的回复，真是憋屈死了。”突然，他又很轻松地说：“不过经过这段时间之后，我竟然感觉好多了，不那么依恋手机了。”

曾看过一幅漫画，画中一百年前一个侧卧于床榻抽着大烟的人和一个现在躺在床上玩手机的人，其姿势、动作甚至神态都惊人的一致，除了手里拿的一个是烟枪一个是手机。

不能不承认手机给人们带来的方便和快捷，但是，终日沉溺于海量而肤浅的网络信息，抛开有“厚度”的书本，会使一个人变得浮躁，缺乏内涵，更甚者会让一个民族缺乏智慧和思想。

中国人信奉实用主义，虽然这有些讽刺意味，然而可叹的是这确实道出了一种现状，“天下熙熙皆为利来，天下攘攘皆为利往”，一切目的来得都很直接。

这或许是因为社会发展中，物质发展过快，新鲜事物令人眼花缭乱，越来越有钱的中国人开始去买所有的好东西，奢侈品、名车、房子，当然还有手机、平板电脑这种电子产品。

只是，人们似乎已经无暇去拿起书本，做一些安静、舒缓的心灵活动。

一个不读书的人肯定是肤浅的，一个不读书的民族肯定是浅薄的。

一个不读书的人肯定没有前途，一个不读书的民族肯定没有未来。

手机碎片化的浅阅读不能代替深入的纸质阅读，这是一个事实。

手机上的阅读，毋庸置疑的已经全部依赖微信了，我们看到的大部分内容除了朋友在干什么和准备干什么以外，剩下的就是收藏的有限的几个公众号以及朋友偶尔在朋友圈分享的文章。

就是这些深度非常有限的文章成了我们仅有的“能量站”，而更多的时间，被我们荒废了。

如果能像那位去采风的画家朋友一样，适时地远离手机，重新把目光拉回到现实世界里，这种焦虑的状态就会得到明显的改善。

事实上，在虚拟的网络世界里，我们并没有看起来的那么重要，别人虽然在你的名字下面点击了“关注”，但也并没太把你放在心上。原来，我们一直害怕的，不过是自己被这个世界遗忘，重新找到自己，从心里放下手机就不是那么难做到了。

如果能做到这些，我想我应该对你说：恭喜！欢迎回到真实的世界！

如果步入了这个“真实世界”的你，用一本书代替手里的手机，我会说：再次恭喜你！你找到了最安静的那个自己。

《低智商社会》一书中在讲述了一个外国人在中国旅行的见闻，其中有这样的描述：城市遍街都是按摩店，而书店却寥寥无几，中国人均每天读书不足 15 分钟，人均阅读量只有我们的几十分之一，中国是典型的“低智商国家”！

虽然这话听起来有些偏激甚至刺耳，但从中国人自己的角度反思，这足以拿来为我们自己敲响警钟。

国人的图书阅读量和阅读欲望，逐渐成为人们关注的话题。各类报道对中、外的阅读量对比反差之巨大，可以说是国人的当头一棒。可惜的是，这一棒对大多数拿着手机的国人来说如隔靴搔痒。

最多，有人会在朋友圈发布这样一条消息：有报道说中国人和外国人阅读量有很大差距？！当然了，因为外国人没有微信朋友圈。

前几天，一个闷热的早上，我为自己选了一本《瓦尔登湖》。

那天，热气蒸腾，小鸟在窗外的树上跳跃，蝉声四起，浮云悠然。那天，我刻意把手机放在办公室，带着这本书将自己藏在一个城市的角落。

那天，我沉浸在文字搭建的另一个世界里，充实而欢乐。

晚上，有朋友问我这一天去哪里了。

我说：我去看望了一下自己。

英雄之冕非成败

六月，一年一度的高考又开始了。

据统计，2016 年全国有 940 万考生在考场里拿起决定命运的笔，成功者，不负十年寒窗苦；败北者，抑或卷土重来，抑或发奋图强，不得而知。

年年岁岁花相似，岁岁年年人不同。正所谓“郁孤台下清江水，中间多少学子泪”。考试结束以后，总是几家欢喜几家忧，千军万马中，多少人功成名就，又有多少人折戟沉沙？

在应试教育体系下，高考似乎成了判定人生得失的一个赌注，殊不知，高考不过是一种手段，而非目的。高考的失利就是对人生失败的宣判吗？我想说，绝不是！

成功这个词不是为高考而冠，三百六十行，行行出状元，人生的失败其实跟高考一点关系都没有，人生最大的失败是不敢勇于面对！世事岂能尽如人意，凡事，但求无愧于心，这才是我们每个人该奉行的人生“成败准则”。

岁月的过程中有这样那样的舞台，我们总在寻找那片属于自己的天地，去绘出绚丽，挥洒激情。诚然，成功对于每个人来说，无疑意味着鲜花和掌声。然而，茫茫尘世，悠悠岁月，成功和失败岂是一次就可以决定？奋斗的路上谁又不曾失败？

失败并不可悲，可悲的是因为懦弱连尝试成功的机会都失去了!

想想我参加高考，那是2002年的事情了，那个夏天出奇的热，我永远记得从考场出来后内心的忐忑，如万马奔腾。至今我都记得当年的一些题目，虽然已是我的历史，但是作为我人生的一次经历，永远都记忆犹新。

十余年过去了，回头看来，不过是人生一场不大不小的抉择而已。虽然当年如愿以偿，如今看来不过尔尔，人生的选择远远不止如此，更多的抉择，在岁月中有着更重的分量。

比如，对家人的责任，对同事的责任，对社会的责任……

前些日子在黄山学院讲课，倾注心血，只为在课堂上不辜负莘莘学子的期待。在我看来，他们要学的不仅仅是知识，更是人生的态度，是生命中如何让灵魂翩翩起舞。对此，我的每一句话都可能是他们认知，于此，真是不敢丝毫怠慢。一堂课下来，觉得比工作一整天都疲惫。

可是心里，觉得无比充实。因为，授人以渔是一种源自内心最欢喜的给予。

我在课件的扉页上写道：人生，在时间的面前，不过是白驹过隙，瞬间而已。生命的意义在于对自己穷此一生奋斗历程的圆满!

高考无非就是一次洗礼，证明你从一个孩子成长为一个大人，仅此而已。王侯将相宁有种乎?更何况高考呢?

如同我一直的观点，思路才是影响人一生最直接的因素。高考，只是人生要参与的一次命题考试。而人生的高考，远远不止一次，远远担负更多的轻重之别。直到如今，我都认为我的“高考”不过刚刚开始。

人生最紧要的抉择其实就那么几步路，你走对了，一辈子都会顺利；你走错了一步，没关系，还有更多的选择在等着你，你总不能一辈子都选择错误吧！

如果能将一部分献给成功者的鲜花献给失败者，或许这个世界上会有更多成功的曙光从古至今，成功与失败二词，永远都是那么的鲜明。但是，没有永远的成功，也没有永远的失败！

人生旅程是艰难曲折的，世界上并没有完美无缺的旅程，成功的道路前面虽然有些坎坷，可是只要跨过，前面便是平坦而又宽敞的阳光大道。而失败的道路前面是平坦的，可后面却是异常的崎岖。

这便是它们的差别之处，不要只为了前面的平坦，而不顾后面的人生，失败只不过是成功路上的绊脚石，你所需要做的不过捡起它来，当作自己的礼物。

最近的微信朋友圈铺天盖地的关于高考励志的故事，从内心觉得，大可不必。

励志给谁看呢？

高考的学子？

他们此时应该是在考场里，考场此时应该是不让带手机的。

励志给谁看呢？

考场外焦急顾盼的家长？

他们不需要励志，他们需要的是对自己内心的热切期待的安慰。

励志给谁看呢？

其实，是给我们自己。

曾经看过一部纪录片，《真正的英雄》。没有天花乱坠的解说，没有华丽的画面处理，有的，仅仅是简单的特写。然而这部纪录片却让我久久不能平静，因而不止一次地打开这部纪录片的链接。

故事的主人公叫作阿赫瓦里，一名马拉松运动员。或许今天依然有很多人不知这个名字，可是，相信所有的人都知道一个叫作坦桑尼亚的国家。

或许你还不知道，坦桑尼亚是因为阿赫瓦里而被世界所认识。

为了备战 1968 年的墨西哥奥运会，坦桑尼亚全国动员，为了让阿赫瓦里参赛，他的国家和人民一次次向国际奥委会发出申请，历尽千辛，方得到国际奥委会的许可。

可以说，阿赫瓦里是带着坦桑尼亚的荣誉和全国人民的希望参赛的。

这个故事没有如你想象那样——阿赫瓦里载誉而归。

恰恰相反，他是最后一个“冲”过终点的人。

比赛开始不久，阿赫瓦里在赛场上占据着绝对的优势，意外的是，中途，他摔倒了！在进行了简单的包扎之后，继续踏上了征程。当他第二次摔倒，他的教练让他放弃比赛。但是他没有。

我被画面中阿赫瓦里一瘸一拐的身影感动着，我被画面中他染红鲜血的绷带感动着，我被画面中他额头上的汗水感动着……

比赛结束了，颁奖仪式结束了，大部分的观众也纷纷地离开了会场。

可是阿赫瓦里依然坚持着，在比赛结束接近 4 个小时后，他的身影出现在了会场。

当他缠着绷带、拖着流血的伤腿一瘸一拐地跨过终点线时，数万人的会场全场肃穆，留下的观众和工作人员不约而同地站了起来，雷鸣般的掌声经久不息。

那是一个感人至深的画面，也是1968年墨西哥奥运会上最美的画面。虽然比赛结束了4个小时，虽然天色已然昏暗，但人们仍然向阿赫瓦里表达了他们最崇高的敬意，用最朴实的掌声为这位迟来的“冠军”喝彩。

因为那一刻，他成了自己的冠军，他赢得了全世界。

阿赫瓦里凭借着在奥运会上的坚持，让所有的人记住了阿赫瓦里，也让全世界记住了坦桑尼亚。

“我的祖国把我从7000英里外送到这里，不是让我开始比赛，而是要我完成比赛。”阿赫瓦里面对镜头只说了这么一句话。

就这么简单的一句话，让他的名字和他所体现出的精神，成了奥运精神最完美的诠释。那之后，这位最晚到达终点的选手也成了奥运史上的经典，永远定格在世界人民的心中，定格在墨西哥城的上空。

这是我知道的一部纪录片，这是我知道的一个真实的故事，在2016高考的第二天，我在办公室的一个角落默默地讲述着，仿佛又看到画面中阿赫瓦里的身影。

时下，很多现实主义者认为评判英雄的标准就是看其成败，对此，我一直保持反对的态度。辩证唯物主义告诉我们应该以全面的观点看问题，成与败是具有两面性和相对性的。

我们经常听见有些人为自己的失败寻找客观原因和荒唐的借口，他们面对失败，不是想方设法或者积蓄力量东山再起，而是怨天尤人，甘愿对命运俯首称臣。

其实稍加分析，就会发现，他们完全能够从失败的阴影中走出来，重整旗鼓，实现自己的光辉梦想。但是，他们作茧自缚，自甘堕落，天天饮着失败的苦酒长吁短叹。

我总是对那些破茧而出的飞蛾满怀敬意，他们凭借了什么样伟大的力量和意志，从企图把她们困死的黑房子里冲杀出来？是对生活的无限渴望还是面临绝境时的一种意志爆发？

有一位企业家说过一句话：“只为成功想办法，不为失败找理由。”

这是一句真正的箴言，对成功者是一种启迪和鞭策，对失败者是一种警示和针砭。

生命就是一个个赛程，我们都不会是每一个赛程的胜者。赢有赢的喜悦和骄傲，但是我更想说——

输也要输的有一身傲气！

男人的定义

女人每遇到不如意时总会发“做女人难”的感叹，说到伤心处，梨花带雨、声泪俱下。那阵势总容易让男人把想说的一句话给咽回去：“做男人，更难啊！”

有种说法：男人是泥捏的，女人是水造的。故而男人要想成家立业，或是赢得芳心，必须经过一番炉火的烧烤才行，即使煅烧不成上好的瓷器，成就个瓦罐也是可以，否则，尚是泥胚一个就想着沾水，其后果可想而知！

男人一经烧烤便也成器，可器之大小、优劣，做男人的心中就要有个自知之明，一旦喜欢的女子身份与你不相匹配，自然就成了“癞蛤蟆想吃天鹅肉”。

退一万步，即便有一天“天鹅”被你的真情打动，总算发现你不是一只普通的蛤蟆，而是一只蛤蟆王子，由此和你成就秦晋之好，那结婚后你就更不能有所怠慢了，你务必尽心竭力对其加以呵护，让她整日里心情舒畅快快乐乐，要不她稍不心顺便会大发“一支鲜花插在牛粪上”的感慨！

成家后，来自家庭的重担已经放在了你的肩上。倘若你婚前是光杆一条那还好说，如若是上有父母下有弟妹，那戏就有的唱了。俗话说，一个锅里搅勺子总有勺把碰锅沿的时候。万一，婆婆媳妇小姑子之间燃起战火，那救火的就只有你了。如果你左右逢源处理得当，火势尚可得到控制，还则罢了，若火势根本不受你控制，最终被烧得焦头烂额的只会是你。

于是伤心了，想哭还要找个没人的地方哭。不小心被别人看见，又会被说成懦弱，“丈夫无悲堪倾诉，男儿有泪不轻弹”啊！总算是有了一首“男人哭吧不是罪”的歌，问题是你敢边唱边哭吗？

成家了，有了老婆有了娃，还必须有自己的事业。“真理”是这样定义的：男人为事业而活，女人为爱情而活。怎么办？拼搏吧！

于是男人左拼右搏，能成就了一番事业还算好说，一旦屡屡失败，就成了“烂泥扶不上墙”的人了。就算有所成就，终于觉得应该为之骄傲一下了，可在世人看来却不值一提。稍加炫耀就会有人告诉你，敢跟马云比吗？

可是，要是女人创造出成就那可了不得，因为她是女人，因为她“不容易”。因此，男人的成功是应该的，女人的成功却是伟大的！

……

百度词条是这样定义“男人”的——

男人同女人相对，从生理学上讲，具有XY染色体的人就是男人。在生理、心理上具有区别于女人的特征。如具有男性生殖系统，具有男人的气质和阳刚之美。从动物学上讲，男人即为雄性的人类。

国学文化这样定义“男人”——

男人，包含如下气质：堂堂正正、问心无愧；磊磊落落、胸怀坦荡；恩怨分明、知荣知耻；上孝父母、下护儿孙；宅心仁厚、不亢不卑；家国天下，皆以为大；言之凿凿，行之必果……（以下忽略一万字）

做男人轻松吗？

男人，也难啊！

女人，只要拥有沉鱼落雁的花容之色，几乎便可以拥有一切。而男人，纵然有副好皮囊，终于也不能拿来当饭吃。上帝把你造就成男人，那么你就注定应该如蚁衔蝇、如老鼋驮碑般肩负起来自各方各面的重担来，假使你不堪重负，那你的生活将会一塌糊涂！

现在众多的“鸡汤”告诉你成功才是男人，太过片面。马云、马化腾是成功者，是男人，当他们风光无限地站在人们面前的时候，大多数人只看他们的成绩，可你知道他们吃泡面、借高利贷的时候吗？按照这样的逻辑，奋斗时期的他们就是失败者？就不是男人吗？

楚霸王乌江自刎，他就不是男人吗？

所以，我要告诉这些只以成败论“男人”的人，你所看到的男人是用他们不屈不挠的执着和坚持才担负起肩膀上的“成功”的。

由此，让我们这样去理解：

男人从出生的那一刻起，就确定这辈子要艰难跋涉，一只肩膀扛着自己的责任，另一只肩膀扛着雪雨风霜，有一个贯穿一生的品格与品质，有一个坚持一生的信念与努力，这——就是男人。

无论成败，只要他不懈奋斗，他就是男人。

曾几何时，生活中多了一个叫作“父亲节”的节日，无疑，这是一个关于特定身份群体的男人的节日。

于是乎，作为男人和父亲的我，自然也是这个节日所涵盖的人群中的一员。

女儿见到我总会大声地喊着“爸爸”，这让我感到充实和幸福，尽管有时候我会被她“欺负”的难以招架，但我依然乐此不疲。

家庭，总是一个男人的归宿，不管你如何的“卑微”或如何的“尊贵”。

但是，男人在某种意义上却有着严格的区分，我仅仅站在自己的角度去剖析，因此，或许会片面，但这代表我的观点。

或许，也会是大多数人的观点。

我想说：不是每一个带“把儿”的都可以被称为“男人”。“男人”不是一个多么高贵的词汇，他其实就是“责任”的代名词，能否肩负起家的责任才是衡量一个男人是否配称得上“男人”的依据。

电影《这个杀手不太冷》中的里昂一直是心中男人的写照。

里昂有只有三个朋友，老汤尼，枪，以及一盆叫不出名字的花。

他习惯坐在沙发上睡觉，每次买两盒牛奶，深爱着像他一样孤单的那盆花，他仔细擦拭花的每一片叶子，清晨把它放在窗外晒太阳，傍晚再搬进来。他会独自坐在空荡荡的电影院里认真地看着银幕，孩子般地傻笑。

里昂单纯、善良、坚强而又柔软。里昂有担当、有胆量、缜密而粗犷。里昂基本上拥有了男人所该有的所有特质，除了不识字以外。

在里昂为玛婷达打开门的那一瞬间，一个男人对责任的承担也随之开启。于是，我第一次看到了这个职业杀手完全不同的一面，“厨房里的猪”，这比之前的牛奶更加彻底地摧毁了他冷酷的形象，继而，一片来自男人的温暖慢慢展开。

玛婷达：“人生是否总是艰难，还是仅有童年如此？”

里昂：“一直都是。”

里昂的人生如同电影里的这段对白，里昂在他的生活中孤独着，如果说人生是艰难的，又有谁能像他一样百般承受却毫无惧色？

“你不会失去我，你让我尝到了生活的滋味，我想要快乐，睡在大床上，有自己根，永远不会再孤独了。玛婷达，走吧，宝贝，走，镇定，现在走，走！”

影片的结局让人潸然泪下。最危险的时刻，里昂更在乎玛婷达的安危，在近乎哀求的对白里，为家人奋不顾身的坚韧和温情百转的柔软溢于言表。

一个男人不惧生死的外壳下，一定要有一颗柔软而温暖的心。

里昂，就是那个男人。他不是仅仅活在电影里，他应该在生活中。

我用什么才能留住你？

我给你贫穷的街道，绝望的日落，破败郊区的月亮。

我给你一个久久望着孤月的人的悲哀。

我给你我已死去的先辈，人们用大理石纪念他们的幽灵。

我给你我写的书中所能包含的一切悟力，我生活中所能有的男子气概或幽默。

我给你一个从未有过信仰的人的忠诚。

我给你我设法保全的我自己的核心——不营字造句，不和梦想交易，不被时间，欢乐和逆境触动的核心。

我给你，早在你出生前多年的一个傍晚看到的一朵黄玫瑰的记忆。

博尔赫斯这首《我用什么留住你》，是给里昂的，也是给所有真正的男人的。

一个男人，这一生必经儿子、丈夫、父亲角色的转变，这过程中，做好每一个属于你的角色，是一个男人责无旁贷的责任。

为人子，你要让父母因为自己而骄傲，孝顺他们，侍奉他们。虽不用早晚叩安，但要从心里知寒知暖。没做到，你就不是合格的男人。

为人夫，你要让你的女人快乐、幸福，懂得去呵护她、关爱她，要让她因为你的存在而倍感安心。没做到，你就不是合格的男人。

为人父，你要让你的孩子健康成长，让他为自己的爸爸而自豪，让他感知父亲的如山之爱，让他明白父亲为家所做的奋斗。没做到，你就不是合格的男人。

为男人，你要清晰自己的社会责任，要有路见不平一声吼的胆气，要有大不了从头再来的骨气，要有兼济天下的胸怀，要有匡扶正义的豪气……没做到，你就不是合格的男人！

为男人，要明白你的慈悲不是在居高临下时，而是人微言轻时；你要知道你的涵养，不在心平气和时，而是心浮气躁时；你要知道的理性，不在风平浪静时，而是在一片喧哗时……没有做到，你就不是一个合格的男人。

做男人不易，故做一个成功的男人绝对是此生对自己最好的赞誉。

谨以此文献给天下的儿子、丈夫、父亲，献给天下所有的“男人”！

把大象装进冰箱

宋丹丹曾经问赵本山这样一个问题："把大象装进冰箱里，要几步？"

虽然是一个搞笑的问题，但是这问题的另一层面却揭示了中国人和西方人思维逻辑的不同。

西方思维方式在听到这个问题的第一时间就会将问题本身拆开，打开冰箱门，把大象放进去，关上冰箱门。

但是这个问题到了中国，我们的第一观点就是"这不可能"，因为我们总是习惯从整体上看问题。

纵观中、西方思维方式的不同，再看看中、西方的企业发展的不同，我们很容易分辨将思维模式植入企业后的结果。这结果就是：西方人面对问题的时候，总是发动方方面面的人力分拆问题，然后再一一去解决。

而中国的企业，一旦以概念性的眼光去看待貌似"不可能"的问题时，就会主观的将这个问题摒弃。因为"不可能"，所以不用去考虑，更别说一点点去做了。所以，当西方企业普遍开发人工智能的时候，我们很多企业还在研究如何减少人力成本。

中国人的思维方式是感性和直觉的，理解与否，在于一个"悟"字。

西方人的思维方式更偏向理性和逻辑，因而其思维线条更为清晰的。

还好，互联网 + 思维模式正在改写中国人的思维定式。

无疑，21 世纪是中国崛起的世纪。

全世界最好的发展机会都将集中在中国，中国广阔的大市场为企业提供了强大的发展引擎。中国经济的高速发展，中国企业的变革创新和不断壮大，也为我们赢得越来越多的话语权。

经过 30 年的发展，中国诞生了华为、联想等一大批优秀企业，我们生活的环境也发生了翻天覆地的变化，生活的空间已经被互联网夷平，中国市场全球化、企业竞争国际化，无论我们是否做好充分的准备，未来 20 年，年轻的中国企业要在越来越多的领域与实力强劲、历史悠久的跨国公司同台竞技。

从全球范围来讲，越优秀的公司越具备企业管理的共性。

如何用中国式的思维来理解和融合西方式的企业管理标准，这对中国企业来说至关重要。外资企业进入中国，对中国企业的企业管理产生了较大的推动作用，但是中国的许多企业缺乏踏实积累的精神，往往在比较容易的地方不愿下苦功夫，降低了企业的执行力。事实上，国际企业的成功往往是累积的过程，是对管理所有细微环节的高度关注。

如何用中国式的思维来理解和融合西方式的企业标准，这对中国企业的发展至关重要。

曾经叱咤国际消费市场十四余年的诺基亚，是公认的全球手机行业领导者。这样的一个无比辉煌的企业，却在短短两年被苹果和三星彻底击溃，市值缩水超过千亿美元，最终被微软收购。

全球有几个企业能做到行业第一？诺基亚曾经做到了。然而，就是这个“行业龙头”的思维定式，导致诺基亚因为固守塞班系统而淡出了上万亿美元的全球市场。

想想总有些楚霸王自刎乌江的悲壮。

互联网思维的“可怕”已经被公认。

2005年“超级女声”的成功从商业炒作而言，在于迎合了社会参与意识，更重要的在于对后现代新型偶像的崇拜心理。于是我们看到了诸如“中国好声音”、“爸爸去哪儿了”、“奔跑吧兄弟”等节目无一不是嫁接于互联网思维的成功炒作。

无论是诺基亚的倒下或是任天堂的老去、微软的疲软，我们都能看到上一代以功能著称的产品正在走下神坛，功能比拼已经不是杀手锏，更重要的是改变思维意识，获取消费者思维形态，以此来获得客户的认知。

如今，中国已经成为大国中对外开放和全球融合度最高的国家。即使在本土市场，民族企业也会面临越来越大的竞争压力。在这种新的竞争格局下，如果企业的视野太过本土，很可能，我们的企业有一天会被跨国公司所掌控。

纵观那些优秀的跨国公司，无论是可口可乐还是IBM，他们从不把自己定位于美国企业，相反，他们在战略上早已把自己视同一家全球公司。中国企业要成为世界级公司，要在主流产业上掌控话语权，也必须将战略思维扩展到全球。

不久前，许多国人跑到日本抢购马桶盖的现象引发了大众层面的热议，人们再次关注日本人专注、认真做事的匠人精神。

不可否认，匠人精神对战后日本经济的腾飞发展发挥了相当大的作用，但最近20年，随着日本逐步走向封闭和保守，它们在互联网时代落后了，我们几乎很难看到知名的日本互联网企业，而传统的日本制造业例如索尼、夏普和富士通也在西方和中国的竞争对手的压制下一蹶不振。

是日本的匠人精神出问题了吗?

匠人精神靠的是师徒相传、靠的是情感纽带、靠的是一丝不苟的苦心孤诣，他们可以将产品做到极致，借此来征服市场和用户，这依然值得我们学习。然而在“互联网+”时代，信息是瞬息万变的，除了精益求精的工匠精神，还需要跳脱俗套、打破常规、富有创造力，还需要开放、包容与协作的互联网思维方式。

做企业和思维形式之间有着必然的联系，企业领导者的思维方式，直接决定着企业的命运。

现代管理学之父德鲁克曾断言，“信息革命下的电子商务与网络化的知识如同工业革命中的铁路一样，可以说一个新的信息（知识）社会正在形成。”

在信息化社会的今天，由于非营利性组织也能够创造社会价值与社会财富，企业与 NGO 的边界可能越来越模糊。而且，企业的时代思维方式也将决定这一企业是否可以长足发展，是否可以进入 NGO 的领域。

我们都不可否认，“新经济”时代已经来临，无论是对发达国家还是新兴发展中国家而言，这个“新经济”时代的思维方式将决定着它的生存空间。

“创客学”创始人、惠普集团前 CTO 菲尔麦肯尼认为大多数人都具有创新的潜能，通过学习、练习，每个人都可以掌握创新的技能。他总结了培养创新力的 FIRE 四步法：

F（Focus），意为定位搜索范围，定义越明确，所得到的想法质量越高；

I（Ideation），意为利用绝杀式的提问产生大量想法，可以是头脑风暴，也可以是问题清单；

R（Ranking），对你列表中的想法进行评级；

E（Execution），这是一个将好的想法变成真正的产品或服务的过程，他认为“只创新，不执行，等于零”，同时要大胆地试，小步快走。

价值中国网从多年前就放言：致力于建设中国的社会化知识服务平台。

但知识论的研究告诉我们：知识包括不到1%的、易传播的、写在书本上的显性知识，以及99%的、不易传播的、存在于人类大脑里（+今天的网络上）的隐性知识——知识一定是个性化和个人化的，一定是动态演化的，一定是无边界的，一定是网络生态化的。

这与德鲁克的观点有着惊人的相似，知识工作者通过这一平台，将迅速成长为“互联网+知识”时代的“手艺人”，成为价值网络和知识网络中可交易的一个独一无二的节点和思维源。

面对产品越来越丰饶的今天，80、90后更向往价值观层面的契合和精神引领，也需要更强的群体认同感，甚至在消费行为上更容易相互影响。这种精神需求催生了很多亚文化现象，而社区、博客、论坛更是为亚文化的诞生和传播提供了水土丰美的牧场，创造了亚文化产生的技术背景和条件。

如今，80、90后身边充斥着比以往任何一个时代更多的媒体介质，这里面所蕴藏的各种亚文化声音使得我们比以往任何一个时代更早地感受到当下的情景，传统的口号式鼓动和广告式推广只能让我们再一次感到窘迫的压力。因此，品牌的影响已经慢慢从大平台转向小圈子，从改造社会的大话题转向改造自己，从被动的接受指导变为我对你故事和价值观的认可。

任何新品牌的崛起一定是在当前时代背景下，戳中了代表未来一代的精神诉求，并以这个点为中心完成从亚文化市场到大众市场的跨越。

了解你的时代背景，了解这个时代的客户环境，这才是成功企业的本质。

如果你思维定式是一头大象，那么，把它装进冰箱里吧！因为存在感的获得，必然是思维模式的展现。

给体面一些分量

据称，兰德公司曾向白宫递交了一份关于中国现状的“分析结果”，这份报告中提到三项内容，分别是中国当前的教育、人口及其品质。

该报告在“中国人的致命弱点”中说：“中国人缺乏诚信和社会责任感，他们不了解作为社会个体应该对国家和社会所承担的责任和义务。中国的普通老百姓通常只关心他们的家庭和亲属，因为中国的文化是建立在家族血缘关系上，而不是建立在一个理性的社会基础之上。中国人只在乎他们直系亲属的福祉，对与自己毫不相关的人所遭受的苦难则视而不见。毫无疑问，这种以血缘关系为基础的道德观势必导致自私、冷酷，而这已经成为阻碍中国社会向前发展的最关键因素。”

或许你不知道这个兰德公司，就是这个公司，在60年前准确预测“一旦美国参与朝鲜战争，中国必将出兵朝鲜”。兰德公司有“世界第一智库”的头衔，它可以说是当今美国乃至世界最负盛名的决策咨询机构。

与此同时，看到美国前国务卿希拉里在哈佛大学演讲时对中国有这样的评价：中国全民上上下下唯一的崇拜就是权力和金钱，大多数中国人从来就没有学到过什么是体面和尊敬的生活意义，获取权力或金钱就是生活的一切，就是成功。这样的国家如何赢得尊重和信任？

如果这仅仅是希拉里轻狂的片面之词，倒也罢了。可是，让人大跌眼镜的是，英国《金融时报》撰文称：中国的拜金主义倾向令人厌恶，但却又挥之不去。在中国，有点钱的人，傲慢得不得了。你在机场随时看到一些穿着以价格高昂而著称的名牌、却同时风格和色彩搭配严重冲突的人士，大大咧咧地展示着自己的形象。一方面很多中国人喜爱昂贵的宠物，另一方面又对中国儿童的艰难处境置之不理。

原美国驻华大使骆家辉对中国人的评价更耐人寻味：凡事喜欢抢，从出生抢床位，到临终抢坟地，从头抢到尾；动辄批判外界，却很少反思自己；不愿为执行规则所累，宁愿为适应潜规则受罪；不为长远未来谋福，愿为眼前小利冒险……

这些，都是外媒对我们的解读。

心痛的是，太多的时候，我们却无言反驳。

你有没有看见，有货车在高速公路上翻倒，一干众人迅速“抵达”，不是来救援，而是来哄抢车上的货物！

你有没有看到，另一辆货车在高速公路上翻倒，急救车迟迟无法救援，因为应急车道被占用的水泄不通！

你有没有看到，有宠物的家庭，其宠物开销在其生活中占了10%，多么有爱的人们啊！

你有没有看到，乡村中有众多留守儿童无人问津，他们的父母都在为“建设美丽大都市”而“奉献”，奇怪了，人们的“爱”此时却不见了！

……

其中无一不体现出素质教育的缺失。

中国的国民素养问题正成为各方舆论都在关注和研究的焦点，也正是在这样的背景下，解读中国正成为一种国际流行。

巴黎、纽约、法兰克福、东京、悉尼、莫斯科……在世界各地书店都会找到不少反映中国社会现状的当代书籍。据说，特别是反应国人小市民的思想、行为的书尤其受欢迎。

以往，国外研究机构对中国的分析大多集中于经济或军事实力的改变，而现在，他们对中国社会现状的关注却日趋增多，这似乎也代表了外部世界对正在崛起的中国的一个解读。

“中国将打造新的伟大帝国”，德国《世界报》这样写道。很显然，在经济实力的决定下，中国可做的事情很多。该报道称：“这个帝国将使中国在世界上的影响力变得更有效率，所有这些，都在任何一个国家以不知道的、前所未有的规模与速度向前推进。比如，三沙市这座城市已经成为管理南海的中心。按照北京的计划，南海在未来将成为落实其政治贸易扩张、保障资源和能源载体供应的出发点。同时，也为其向南亚和非洲出口商品提供保障。为此，还制定了‘丝绸之路’战略。该战略借助于经济走廊而将 40 个亚、非、欧国家的 30 亿人口连接起来。也就是说，把世界上的一半人口纳入其中。”

《世界报》的这篇报道最后总结“中国正在努力向前，以使这个理想变成现实。”

当外界解读中国社会现状时，肯定中也透露出很多的不认同，与此同时，复杂和矛盾的心态也同样值得玩味。我们一方面可以理解为这是他们的“羡慕嫉妒恨”，另一方面，我们自己也该反思，我们需要为这个正在腾飞的巨龙做些什么。

如今，在金钱和利益的冲击下，我们的信仰极度缺失，道德大幅滑坡，很多人缺乏“敬畏之心”。传统的敬畏之心被忘记，新的敬畏之感又缺失，“生于忧患，死于安乐”，作为国人的一员，我们是不是该考虑重塑国人的“敬畏之心”？

敬畏之心的缺失，就同时没有了行为底线，一个失去了底线的人是多么可怕！西方人敬畏上帝、法律、社会公德以及担负的社会责任，而今天我们国人敬畏的是什么？

我们不敬畏自然。

大肆地砍伐，过度的开采，超量的排放……看看我们身边的环境——沙尘暴、雾霾、PM2.5、泥石流……这个让我们安身立命的家已经被糟蹋的千疮百孔了。你真的觉得戴着口罩很舒服吗？

我们不敬畏公德。

街面上随地吐痰，马路上横冲直撞，景点中“到此一游”，语言中脏话连篇，行为上唯我独尊……看看我们身边的生活圈子，甚至丢脸都丢到国外去了。你不觉得央视“熊猫游世界”的公益广告是多么无奈吗？

我们不敬畏文化。

大学教授学术造假，博士导师论文抄袭，“伪文化”市场繁荣，苍井空都“进军”中国演艺圈了……看看我们的文化载体，滋润心灵的大都无人问津，不堪入目的“伪文化”市场却异常繁荣。你真的觉得丰乳肥臀可以缓解无知的饥渴吗？

我们不敬畏法律。

我国的犯罪率居高不下，假烟、假酒、假鸡蛋，甚至连假药都敢造；贪污、受贿，甚至连官都可以买；电信诈骗肆虐，传销窝点遍布，拐卖儿童常见，连老鼠都能变成“羊肉串”……你不觉得生活中处处都没有安全感吗？

我们不敬畏佛祖。

假和尚到处行骗，真和尚飞脚踹游客，寺庙里到处都是“功德箱”，寺庙外哪哪儿都是“招财香”，甚至连传承宗教文化的名刹都上市了……抬头三尺有神明，你觉得晚上能睡踏实吗？

《中庸注》中说：“君子之心，常存敬畏。”

古圣先贤之所以心存敬畏，是因为他们都有强烈的历史使命感和社会责任感。敬畏之心就是“上对得起先人，下对得起子孙”的自明，我们理应尊崇。

敬畏之心是做人的根本，有忧才无忧，有惧才无惧。心存敬畏，是一种精神境界，是一个人安身立命、博得尊重的根本。

“人有祸则心畏恐，心畏恐则行端直，行端直则思虑熟，思虑熟则得事理。”常怀敬畏之心，理解敬畏，学会敬畏，心怀敬畏，用敬畏之心去做感恩之事。

做人如此，做事亦是如此。常怀敬畏之心，不仅是一种工作态度、一种生活责任，更是一种人生智慧。

我们物产丰富，却成了廉价稀土输出国；我们人口众多，却成了廉价劳动力的输出国。

可怕的是，很多知识分子离开的中国，投身到别的国家“建设大潮”中去了，为什么？因为中国的知识分子从别人那里得到尊敬，而他们在中国，很可能因为没有“关系”而连一份好的工作都没有。

我们国家整体崛起的速度让许多发达国家感到震惊，如果有一天，当我们的国力达到世界一流水准，我们会有一个具备一流强国的国民素质吗？

我们似乎对于“社会的平衡”并不感兴趣，我们更执迷对物质的索取，你不相信？看看“苹果”在中国的销量你就明白了。

我们似乎对精神的富足越来越不屑，更执迷于自我的感官需求，你不相信？看看KTV里的陪唱女，看看麻将馆的人潮汹涌，看看国人对苍井空的关注。

……

当我们的教育学家无奈地承认，尽管中国在经济、政治上都在走向世界一流国家的路上，但中国的国民素质却是三、四流的国民素质。现在中国社会矛盾，很大程度上也和国民素质有关，整体的信仰缺失、道德滑坡，会严重地导致社会的混乱，这会极大地制衡中国的进一步发展，也会拖延中国现代化的进程。

好吧，我们都想体面的生活，我们都有对人生的态度，无可厚非。只是，在我们欢呼雀跃奔向美好的物质生活的同时，我们是不是可以多用一点点时间去反思一下什么是“体面”？

你是愿意有一个“体面”的外在，还是愿意有一个“体面”的胸怀？选择权在你。

三、四流的国民素质必然无法持续支撑形成一流的国力，更无法体面的面对世界人民的目光，我们怎么做？

中国的未来就在我们自己手里，一个多世纪以来，包括中国自己在内的整个世界，已经为中国的弱小付出了惨重的代价，我们需要让世界看到一个健康的中国，我们需要让世界感受一个强大的中国，我们需要让世界尊重一个文明的中国。

造就自己的圆满

1954年，人工智能之父图灵被发现自杀于自己家中，他的遗体旁是一个被咬了一口的苹果，据说那个苹果是图灵为自己准备的，不同的是，它在氰化钾溶液中浸泡了很久。

22年后，一个美国小伙子和他的伙伴为了纪念图灵，用这个被咬了一口的苹果作为标志，创办了苹果公司。

又过了很多年，如今，这个被咬了一口的苹果无人不知，无处不在。

我们生存的这个世界，就如被咬了一口的苹果，有我们喜欢的春暖花开的温暖，也有让人抓狂的严冬和酷暑。是的，生活和生命总是不尽完美。

“圆满”在佛家的释义中是：充足，无所缺减。

大约圆满的境界太难也太不可求，凡有所成者，多都移步华严世界，又怎会在这红尘闹世任三千烦恼丝疯长呢。

所以我们生活中的诸多事情总是带着缺憾。

有一位牧师的女儿，天生就是一位脑麻痹患者，全身不能正常活动，且无法语言。但她却靠着无比的毅力与信仰扶持，拿到艺术博士学位。

有一次，她应邀到一个场合演讲，通过文字的方式回答大家的问题，其中，一个学生小声问：“你从小就这个样子，请问你怎么看你自己？”

全场鸦雀无声，大家为这个问题而担忧，害怕这个尖锐的问题会刺痛她的心。

只见她用粉笔在黑板上写下——“我怎么看自己？”

她转过身来向大家露出轻松的微笑，然后，继续在黑板上写道：

一、我好可爱。

二、我的腿很长很美。

三、爸爸妈妈这么爱我。

四、上帝这么爱我。

五、我会画画。我会写稿。

六、我有只可爱的猫。

七、我只看我所有的，不看我所没有的。

写好这些之后，她再次转身微笑。安静了几秒后，全场响起了如雷般的掌声与无数感动的泪水。

她，就是画家黄美廉女士。

她用自己的顽强意志奋斗拼搏，取得了令人瞩目的成就。她的身体是残缺的，而她的心灵、她的精神是圆满的。

她的人生因缺憾而如此美丽，因缺憾而如此辉煌！

有些缺陷是真正美丽的缺陷，因为它们才使我们一次次的热血沸腾，一次次的热泪盈眶。

月亮无法永圆不缺，花开无法永开不败，天空不能永保湛蓝，这些都是缺憾，但这缺憾并不仅仅表示凋零、陨落，反而成就了自然界摄人心魄的美。

世间的一切事物都不是完美的。我们每做完一件事，都会有付出，也会有所得。我们每仔细观察一件物品，我们都会看见或感受它的缺陷。在生活中，完美与缺陷是对立存在的。只不过是因为我们没有发现美，不善于发现美。

不曾遭到失败的打击，便不会有成功时的纵情高歌；不曾尝到失去的苦楚，便不会有拥有时的珍惜；不曾经历战争的残酷，便不会感受到和平的幸福美满；不曾有过背叛的伤痛，便不会体会到忠诚的可贵；不曾经受思念的折磨，便不会领略团聚时的幸福……

正因为有了缺陷的存在，才使得美更加完美。

只要我们能从缺陷中领略完美。美，将无处不在。

我们常常安慰别人说："人生是没有圆满的。"

只是，我们却忽略了，人生，其实就是在不断演绎痛苦的进程中去追求圆满。在有生之年，顽强地创办事业，痛快淋漓地享受生命。不要太多的在乎和顾忌别人怎样评判自己，只要你认为做得对，就坚持去做。

如果你的初衷是善良的，放手去做吧，至于对与错，那是别人的事。

心灵是一本奇特的账，只有收入，没有支出，人生的一切痛苦与快乐，都会化作宝贵的体验记入它的收入栏中。有了它，人就仿佛有了两个自我，一个自我在奋斗、在拼搏，也许凯旋，也许败北。另一个自我是含着宁静的微笑，把遍体汗水和血迹和那个或哭着或笑着的自我迎回家来，把丰厚的战利品指给自己看。能够这样，这个世界对我们来说，无论怎么样都是圆满的。

当你对什么不再是贪婪，你就是圆满的。

“如果错过了太阳时你流泪了，那么你也要错过群星了。”这是泰戈尔《飞鸟集》中的一句话。

金无足赤，人无完人。世间没有十全十美的东西，一切事物都是有缺陷的，但缺陷并不一定是坏事，重要的是如何面对。

茉莉花香气宜人，它没有雍容华贵的外表，但它没有因平凡的外表而受冷落，反而以沁人心脾的清香赢得人们的喜爱。缺陷不仅不能遮盖住美丽，还能铸造美丽。

维纳斯，世间一切美丽的化身。无数的艺术家曾想象出无数双不同姿态的手臂，假想似的安在维纳斯美丽的双肩上，结果他们无不在否定了自己的设计之后感叹，只有那个无臂的维纳斯才是最完美的。

曾国藩将自己的住所题为“求阙斋”，大约就是因为人生有着遗憾、缺失，完美的人生总是这么遥不可及。

现在成千上万的电视剧中，结局不圆满的往往会给人留下更深刻的印象，引起人们更深入的思考。

如果红楼梦中的贾宝玉和林黛玉最终结合的话，我们就不会对封建社会的本质进行反思，就不会明白封建社会的残酷，更不会明白处在封建社会的人们为了爱情要付出多大的代价。

如果罗密欧与朱丽叶最终能在一起的话，我们就不会知道封建贵族社会的罪恶根源。

如果梁山伯与祝英台最终结合在一起的话，也没有千古化蝶的眷恋了……

这些深深震撼我们心灵的不都是存在着遗憾的结局吗？而我们依然觉得那是一种美，缺憾的美。

爱情，也是如此。当你了解了爱情，那是自身的圆满。你爱的那个人，也许是不完美的，也许是有许多缺点的。可想想自己，又何尝不是呢？然而，你们的关系却可以是圆满的。

这种圆满，超脱了现实，是一种领略和追求，也是一种对自己和别人的宽容。

《三国演义》中，威震华夏的关云长因刚愎自用导致“大意失荆州”；精明干练的周公瑾竟气量狭窄以致在哀叹中英年早逝……这些千古流芳的风流才俊，每个人都带有些人格上的“残缺”，却丝毫不曾贬损他们各自的形象。

当残缺存在于美的整体中、折射出美的内涵时，局部的缺陷恰好衬托出整体的熠熠闪光，由此构成的残缺之美，却可给人以独特的审美享受。

残缺之所以为美，因其体现了真实和个性。人或事物不可能尽善尽美，“白璧”与“微瑕”往往结伴而行，唯其残缺才能真实反映本来面目。关云长“走麦城”的败绩，正如他“过五关斩六将”的辉煌经历一样，唯有其人才能铸成如此缺憾。

残缺之美如同愈嚼愈有味的橄榄，发人深思，倘若把现实想象得过于单纯而美好，稍遇挫折就易于一蹶不振。古诗说的好：“沉舟侧畔千帆过，病树前头万木春。”“沉舟”、“病树”的美学意义，就在于向世人昭示了“千帆过”、“万木春”的光明前景。在不完善中追求完善，在失望中看到希望，在把握现实中创造未来，在对缺憾的超越中拥抱新的生活。

巴黎圣母院里的敲钟人卡西莫多，已成为丑陋的代名词，他那几何形状的脸、四角形的鼻子、马蹄形的嘴、杂草似浓密的红眉毛下小小的左眼，以及完全被肉瘤遮住的右眼足以使我们这些读着“触目惊心”。

但他同时是非常美丽的。他诚实善良的心灵，宽广的胸怀让他无比美丽，美丽的让我们赞叹。他的坦然、宽容、善良、勇敢和坦荡让人感受着那份摄人心魄的美丽灵魂。

月，因为有阴晴圆缺才显得如此美。诗经里说："月，阙也。"是的，"阙"才是月的常态，圆只不过是偶然。月若无缺，怎能有"月圆人更圆"的期待？月若无缺，怎能有"但愿人长久"的贪恋？月若无缺，怎能有"月在梧桐缺处明"的抒发？诗仙李白，对一轮明月情有独钟，正因月缺长存，李白才更珍惜月明之时。如果月一直是那么圆满，它再也不会如此美丽，再也不会如此珍贵，因为它永远那么完美，也那么平淡无奇。

贝多芬，强者的代表，在两耳失聪后，以顽强的意志创作出了旷世佳作。失聪，对于一个普通人来说，也许是一个小小的缺陷，但对于一个依靠听力生活创作的音乐家来说，那就简直是世界末日。但贝多芬用它的勇气、良好的心态和坚强的意志告诉自己也告诉世人：缺陷，不足惧尔。

或许你会说坦然地面对外物不难，但是面对自己或是周围人的缺陷可就没有那么简单了。你会觉得世界很单调，世界不再多姿多彩，也不会因此而美妙。缺陷既然已经属于你，你就应该正确的面对它。

善待缺陷，善待自己，如果拥有一颗晶莹剔透、美丽善良的心，人生一样是完美的。

对完美的追求是人类天生的禀赋。从伊甸园到乌托邦，从桃花源到大同世界，对完美的执着追求，人类从未间断、从未停息。

可是，再绚烂的鲜花也会萎落成泥，再鼎盛的家园也可能风光不再，再强盛的皇朝也难逃衰败没落……看人、看事、看景、看物，这大千世界里，可曾出现过无可挑剔的完美？

完美永远是一种远在天涯、不可企及的彼岸世界的理想。完美演绎的往往是悲剧，唯有经得住时间洗礼的东西才能在人们心中永生，成就永恒之美。

毕加索能够把一把不完整的椅子画得让人印象深刻，而那些林林总总的制工华丽的家具却不能撩动他的心弦。霍金因为肌肉萎缩仍然用毅力和意志描绘了黑洞之谜，才成就了“宇宙之王”的美誉。

生命生生不息的世间，人生总是充满着各种遗憾。意图破茧的蝴蝶，需要用全部的力量来沿承这个与生俱来的使命，哪怕是生命的代价。

有多少只蝴蝶死在那个苍白的茧巢里？很多人为它们遗憾，同时也为它们的伟大壮举所感动。那些蝴蝶即使飞不起来，也是美丽的，它们旋舞在天国的花园，成就了另一种生命之美。

因为存在缺憾，所以人们一直在寻找完美。因为没有完美，所以人们一直在创造真美。缺憾又何尝不是一种美呢？让那些因缺憾而愈发美得动人的事物簇拥在人间，飞翔于流年，划破世俗的天空，造就生命的圆满。

取舍之间天地宽

相传，太平洋中有一个岛屿，名叫布拉特岛。

在这个岛的水域中，有一种鱼，叫王鱼。

王鱼分为两种，一种有鳞，一种没有鳞。而有鳞或者没有鳞，全是王鱼自己选择。

没有鳞的王鱼，一生都在平静中度过，在大海里自在游动。

而有鳞的王鱼就比较特别了，它的身体会释放一种分泌物，用来吸引别的较小的海洋动物，而这些动物一旦靠近，就会被王鱼牢牢吸在身上。王鱼会把这些小动物身上的物质吸干，慢慢地变成身上的“鳞片”。

当王鱼身上布满了这样的附属物后，便会变得像个大气球，比没有鳞的王鱼要大出许多倍，样子很是“骄傲”。

有“鳞”的王鱼在生命过半时，由于身体机能的退化，身上的附着物会慢慢脱离它的身体，使它重新回到原本的样子。于是，它会变得异常烦躁，不停攻击别的鱼，甚至是同类。只是，它没有身上附着物的保护，反而总是在发动进攻的同时被撕咬得遍体鳞伤。

它往日拥有的一切，盔甲、骄傲都不再属于它，它的世界也就变了。身边的世界让它别扭，同时，它对自己现有的样子也别扭。于是，失落的王鱼就会自残，它会撞向珊瑚，直至遍体鳞伤。死时的王鱼，样子很是惨不忍睹。

据说，凡是见过王鱼惨死的人，都会在心里留下极深的震撼。

其实，人的一生中如同布拉特水域中的王鱼，本来可以是自然而轻松，但为了心中的欲望，他们常常不喜欢，也不满足这个真实自己。于是便到处寻觅身上的附着物，比如名利，比如权势。

在这些附着物的装扮下，人们会膨胀，就像王鱼。只是，这些身外的附着物终于要离去，归于平凡。

活在别人的眼中，是一件很累的事情。每个人眼中都有自己的招牌，每颗心都有低估别人的时候，看得轻了，别人会说“笨”；看得重了，别人会说“计较”；说得假了，别人会说“虚伪”；学会敷衍，别人会说“假”……

生命里有很多的无奈和无法解释，要理解别人很难，但是解释自己很容易。不同的方式，不同的人，会用不同的节奏去掩饰自己的缺点。

而缺点不可怕，怕的是没有给自己一点宽容，以及坦荡的态度。

不要糊里糊涂地活着，做一个明白人。

世界上有很多人，也有很多事，但是目的只有一个——规划那个感受智慧的生命。

对于生活态度健康的人来说，做每一件事情，都该有善于舍得和放下的心境。心态，是为人处世的一种技巧，也是人生的一种境界。

人们为了生存和发展，必然少不了对物质和精神的追求，但并不是所有追求都能如愿以偿。所以，当追求不能实现或者无法实现时，就应当调整一下自己的心态，学会放下，保持一个平静的生活态度。

因为，只有放下心中的欲望，才能感受到轻松自如，正所谓“知足常乐”。

佛说：修行是走一条路，一条通往内心最深远处的路。而在这条路的尽头，可以获得智慧，这智慧能够透彻生命的真谛。

人生是一场修行，每一个爱你的和恨你的人，每一个你爱的和你恨的人，无论是爱之深，抑或是恨之切，他们都是人生中的一段经历，他们都在帮助你成就自己。

当然，这场修行可能很痛苦，因为在这个过程中不会总是一帆风顺，它意味着你不得不自己去面对种种“不愿意去接受”的结局。这场修行中，没有失败者或成功者，只有一段又一段各式各样的人生。无论哪一段，虽然都会有苦乐参半的感受，但这也正是绚丽多彩的依托。

生活中的风雨总比梦中的完美无缺来的要多一些，人们总是喜欢梦中朦胧的生活，一切尽在掌握之中。可是当人们还在沉醉梦幻一场时，滚滚红尘早就走进了一个不孰知也不可控制的世界。

处喧闹浮华之世而心自静，位梦幻烟火之境而灵魄明。相比梦中的朦朦胧胧，风雨中的世界能于悄无声息处磨炼人的心灵本性，并在这一过程中愈合身心的创伤。而往往经历过种种挫折之后，我们才会懂得让心境始终保持似行云流水一般，收放自如，来去随心。

我们能够做到的其实很简单，就是在这个物质的世界留有一小块土地供内心的修行，处事不惊、处变不乱。

美国社会学家在一群年轻的乞丐中做了一次调查活动，他们给这些乞丐准备了三样东西：100 美元、一套西服和一盆以色列蒲公英。这些乞丐只能选择其中的一样。

几天过后，社会学家得出了统计结果：几千乞丐中，近百分之九十的乞丐选择了100美元，有百分之十的乞丐选择了一套西装，只有一个乞丐选择了一盆以色列蒲公英。

十年后，社会学家对当初参加调查的乞丐进行回访，其结果为：选择100美元的乞丐仍是乞丐；选择西装的乞丐有一部分成了工薪阶层，还有一小部分成了“白领”；而唯一选择以色列蒲公英的那一个乞丐已然拥有了自己的公司，成了千万富翁。

这和社会学家在调查前做的预测是一样的，他们对此做出了解释：要100美元的乞丐只想得到收获，这种只想收获不想付出的人永远只能当乞丐；要西装的那部分乞丐在拿到西装时想到的是改变自己，他们在改变中不断的努力，最终回归了社会。

对于那个选择以色列蒲公英的乞丐，社会学家是如此解释的：这种以色列蒲公英并不是普通的蒲公英，它原产于地中海东部，后来在以色列比较常见。这种蒲公英不是按季节来舒展自己的生命，而是一直在等待着雨水的到来。如果没有雨，它一直都不会开花，但是只要有一场雨，无论这场雨多么小，也无论在什么时候落下，它都会抓住这难得的机会，迅速开出自己的花朵。由于这些以色列蒲公英的罕见，尤其是对以色列人而言，它象征着机遇，所以价值很高。选择以色列蒲公英的这个乞丐，拥有着独到的识别能力和对生活的热爱，所以必然会成功。

一些记者为了揭开这个谜团，就去采访当初选择以色列蒲公英的这个乞丐，而他也爽快地接受了记者的采访。

原来，当初他选择了那盆以色列蒲公英的时候，对生活本来是不抱希望的。他觉得一百美元和西装都不会让他的生活更好，选择以色列蒲公英仅仅是觉得这是一个和他同样不足轻重的生命。而就是浇灌这株植物的时候，他发现了以色列蒲公英的秘密。于是他开始栽培以色列蒲公英，并在以色列人居住的地方贩卖，由此而获得了第一桶金。

追求不同，选择就不同，选择不同，人生最终的结果就不同。

你选择了什么，就会得到什么样的人生，正如这些乞丐一样。

也正如两种王鱼一样，生命是在取舍中得到不同的结果。

有一只狐狸，看见围墙里葡萄藤上结满了诱人的果实，令这只狐狸垂涎欲滴，它四处寻找入口，终于发现一个小洞，可是洞太小了，它的身体无法进入。

于是，这只狐狸在围墙外绝食六天，饿瘦了自己，终于穿过了小洞，大快朵颐。可是它发现吃得鼓鼓的肚子让它无法钻到围墙外，这是一个恐怖的事情，因为一旦被园主抓到，可能小命不保。于是，它又绝食六天，再次饿瘦了身体，才得以从原来的小洞里钻出去。

终点又回到起点，起点原来已是终点。

得非所欲，舍亦非所愿，该是一种何堪的纠结。

人生是一场独自的修行，谋生亦谋爱。人生的旅途中，大家都在忙着遇见各种人，以为这是在丰富生命。可最有价值的遇见，是在某一瞬间，重遇了自己，那一刻才懂得：走遍世界，也不过是为了找到一条走回内心的路。

用心走好自己选择的路，才能拥有真正的自己。

又是一年秋高气爽时，阳光斑驳的午后，让自己缓缓去整理整理心情，深切去体会自己的喜怒哀乐，让生活中所有的负累在自己的灵魂深处逐一的慢慢释放，看看如何取舍。

人们会感慨，人生自古多曲折。多么希望在这个浮躁的外部空间，始终留有一小块心灵的角落，驱策我们内心对取舍的思索。

取舍中，不断地承受，才会不断走向成熟，收获生命的欣喜。承受，使我们走向美丽和成熟；承受，更加彰显出生命的辉煌。

取舍中，不断坚持。没有谁会知道明天的样子，也许是今天的复制，也许是昨天的粘贴，但是既然你选择了远方，就风雨兼程吧！

取舍中，懂得坦然。成败与得失，无须大喜，也不必大悲，既然有所选择，就该坦然面对。

取舍中，明白感恩。用感动的心去承接生活中的一切，或许取舍中有诸多失误，可是，我们还活着。感恩我们拥有的生命，可以让我们不断选择取舍。

在日复一日年复一年的光阴里，让心满满的拥有一份平静和一份淡泊，让自己慢慢享受生命中的快乐忧伤和幸福，然后，悄然回想生命中经历的那些美好和曾经感悟过的往昔，在细细品味和思索中深深浅浅的感动自己。

如果，必须面对失去，即便就在自己的眼皮底下，如果，不愿失去却已经失去，请千万不要勉强自己，尽管心很疼，尽管只能眼睁睁地看着它慢慢地滑走，很残忍很无奈，但，除了放手还是放手，那么放手吧，就静静的看着它远走，让它安静的不带一丝遗憾悄无声息的走吧。

取舍中，不是得，就是失。在得失之间，精彩着我们的人生。把鲜花送给别人时，首先闻到花香的是自己；当我们把泥土抛向别人时，首先弄脏的是自己的一双手；失去了繁华的灯红酒绿，意味着将获得无染的蓝天白云。

眺望远处，风景迷人，走进风景的人，自己也是风景。

执着苦累，放下就好，名利皆虚，平安就好，是得是失，心知就好。

第三章　一　鸣

一个人的行为无论好坏都会影响到这个集体，团队的磁场会改变流着同样血液的基因。一匹马在狐狸堆里待的时间长了，久而久之会比其他马更狡诈。而狐狸如果在马群待久了，也会演化出热血沸腾的忠贞。

别让老虎吃掉你的善良

有几天在长白山参加公司组织的培训，暂时逃离了七月南方的 40℃高温，得以感受这里的清风徐徐，凉意素然。

可是，终于无法逃离这个讯息时代，除非你愿意将自己放逐在一个荒岛，没有电脑，没有手机，没有信号，没有网络。

2016 年 7 月 23 日，惊闻八达岭野生动物园老虎伤人事件，之后的数日，鼎沸的舆论几乎全是推测受害者下车的原因。

这起事件的实质性问题是游客与动物园的责任划分，这也是网络争议的内容。但争议的双方力量相当不对等。认为园方应负责任的声音极少，且一旦发出便遭众多网友奚落。

压倒性的声音认为，该女子咎由自取，不作不死。网友反而认为目前被责令停业的动物园是冤枉的，甚至是受害方，同情女子及其家属的人少之又少。

这起离奇而惊悚的事件十分吸引眼球，迅速成为社交媒体上转发的谈资，我还赫然看到了“当母老虎遇见真老虎”为标题的视频。

顿时觉得心生寒意。

不是因为长白山的凉爽，而是因为舆论参与者的冷漠和偏激。

无论如何，一个人因为意外事故死了，按照“人之常情”，人们应该有所同情才对，应该有所反思并加强防范，以防悲剧重演才对。

可是，人们，广大的人们不仅毫无同情之心，全无反思之意，反而极尽讽刺、挖苦、嘲笑之能事，且毫无愧意。这种毫无人性的道德观、价值观，岂不比吃人的老虎还冷血！

一死一伤的结果，对于当事人这个家庭，无疑是个巨大的打击。作为一个局外人，我对这家人深深感到同情，一个开心的度假之旅，却成了生死两茫茫的诀别。

只是，在众多“看热闹”的人眼里，这个事件却证实了“看热闹的不怕事儿大”的国人思维。

大家热议的是什么？

是对当事女子为何下车的各种揣测。

比如，一说是受害者长期就是霸道、刁钻之人，此为报应；一说是受害人老公懦弱，眼看老虎叼走了老婆竟然不敢去追……

这算是思索吗？

这无异于在受害者家人的伤口上撒盐！

不知道这些网友可曾换位思考，殊不知，己所不欲勿施于人！

我眼中看到的，是语言的暴力，是看众多人对他人沉痛的无视。

我眼中看到的，是一个母亲的伟大和无私。女儿被老虎拖走的瞬间，这位母亲没有犹豫、没有怯懦，而是拉开车门勇敢地冲了过去。而众多舆论者却没有看到什么是母爱的伟大，却一味纠缠在生与死、责任与“活该”中。

逝者已逝，无可挽回。但，逝者面对凶残老虎时的那种义无反顾，应为每一个正直、善良的人所铭记！

我们不是都无比渴望“社会是温暖的”，为什么却对一起悲剧当事人如此刻薄与冷漠呢?

不得不承认,这悲剧的结果是当事人对规则的漠视。

但是不得不说,这种“事后跟讲风凉话”是大众对道德规则的无视!

人类社会遍布着各种规则,制定这些规则的首要目的不是要束缚我们的行为,而是为了更好地保护人们的安全。这就意味着,绝大多数规则,一旦逾越甚至践踏它,我们的安全就会受到不同程度的威胁。

遵守规则,它鞭策我们老老实实奋斗,也佑护我们平平安安回家。它让我们每一餐都吃得安安心心,每一觉都睡得踏踏实实。这条路看上去很遥远,可是这一路没有密布丛生的荆棘,也没有暴风骤雨,更没有不怀好意的狼外婆。

可是在我们身边,不遵守社会的行为规则变成了一种“任性”,不尊重心里的道德规则变成了一种“个性”。

从最简单的排队这一社会规则去看,国人的表现可以说是难登大雅之堂。不管是在银行、医院、车站或机场,总有人在插队,插队不仅不觉得是羞耻,反而在其心里觉得这是有“能力”的表现。

更上升一个层次,我们去看看关于“老人倒了扶不扶”的争执,再去看看“原配当街扒光小三”的视频转载,真可谓是热闹非凡、激动人心。大多数人在转发、评论的时候从未想到过站在“良善”的角度看问题,只会哗众取宠或显得自己“通达天下”。

从社会现代化进程的角度来说,尊重生命、生命至上的观念需要不断地注意、不断地言说,尤其是它们所代表的“人本”立场,需要贯注到整个社会安排和社会运行之中。

社会规则要尊重、遵守，规则的目的是防止变成“丛林社会”，最终是保护人的生命和权益。事件当中的那位女性伤者，即使证明是违反了规则，难道就是死了活该吗？她为自己的行为付出了惨重的代价，代价之惨重远远超过了行为本身，而且是不可挽回的。

可是，“不作死就不会死”、“自作自受”、“自作孽不可活”、“这样情绪性格的人，千万不能娶回家”……这类话语，字里行间透露出的冷漠，无以复加。

客观而言，在这一事件中的受害者很可能自己承担大部分责任，在野生动物园随意下车是对自己和同车之人生命极大的不负责任。涉事动物园的自驾项目也很可能会被取消，甚至造成这一事件的那只“罪魁祸首”的老虎还将被捕杀……当事各方都付出了足够惨痛的代价。

“不懂事”的老虎以它的生物本能，打破了我们常超越规则的任性。血盆大口警示我们，规则是带电的高压线，容不得半分侥幸和小聪明。无规矩不成方圆，遵守规则对个人来说关乎修养，对家庭来说关乎家风，对社会而言关乎秩序。

血的教训不能只让我们想起猛虎伤人的常识，更应在内心深处刻下对规则的敬畏。社会的公序良俗和国家的长治久安，无不系于每个人对常识与规则的慎思笃行。

再也没有什么比规则更冷冰冰、硬邦邦、毫无人情，你不遵守它，它比老虎还要可怕，当你遵守它，它就是你最坚实的盔甲和最温暖的外衣。

人们应该懂得，规则是用来遵守的，但不等于违反规则的人都“该死”。否则，每个人都有太多“该死”的理由，比如闯红灯、比如脏话连篇、比如酒后驾车、比如背叛爱情……

在嘲笑别人“不作死就不会死”之后，也要想着自己也有机会成为“不作死就不会死”的“主角”。人们更应懂得，老虎“猛于人”，但冷漠“猛于虎”。

如果任由这种幸灾乐祸、视他人生命为“笑话”的氛围蔓延开来，人们就只能傲慢而绝望地生活在爱的荒漠之中。

一个民族是否文明，看三件事：一看他们怎样对待小孩，二看他们怎样对女人，三看他们怎样诠释善良。这一死一伤的悲剧，难道不应首先对遇难者表达哀伤、为伤者祈祷、对不幸的家庭给予同情吗？

遗憾的是，我看到的是猜疑的、指责的、嘲弄的、演绎的，甚至还有人因为游客自行下车这一细节，用“作死”这样的词来表达态度。

这还不够吗？

众网友的冷血还要到怎样的程度？

一起小概率事件为什么能成为一起舆论场上的公共事件，这个现象倒值得引起重视。想起以前曾发生过的“守在某国家前元首病房外等待死讯”、“进入某知名女歌手的停尸间拍照”等事件，这背后，其实也有一种“消费灾难”的畸形心理。

现在，当越来越多的人进入了移动互联网和社交媒体、开始手持“全民话筒”时，如果讨论开始冒犯他人的隐私、尊严，无异于是对悲剧承受者个人与家庭的再度残忍伤害。

从这个意义上说，社会舆论和各类媒体，都应该恪守新闻伦理，主动尽到一份责任，多一些温暖的人性释放，少一些冷血的无端指责；多一些“如何杜绝悲剧”的思考，少一些“消费悲剧”的推波助澜。

我们在为自己血液里传承的中华民族精神而自豪的同时，或许该回头仔细去看看我们所传承的“精神含义”，你可以无知，但你不能冷血。

如果你没有一颗善良的心，至少，你该有一张善良的嘴。

风口浪尖上的那头猪

在全民网络时代，有这样一个群体，如同雨后春笋一般一茬接一茬地在各大社交平台上面冒出头。从最早开始的CK沉珂，到几年前的西单女孩、凤姐、芙蓉姐姐，以及最近爆红的papi酱和各路视频主播、游戏主播……

毫无疑问，“网络红人”作为网络大众化后的新衍生出来的一个群体，已经成了网络上最活跃、最受人关注的特殊存在。

网红究竟能够有多红？

拿papi酱举例，她2015年10月开始在上传原创短视频，截至2016年8月14日，其微博粉丝已经达到1841万！近期的微信公众号的推送内容阅读量更是超过10万。在二次元聚集地B站，papi酱粉丝高达168万。

如果以上几条数据还不足以体现papi酱这位“网红”受欢迎的程度，那么papi酱在2016年3月份狂揽真格基金、逻辑思维、光源资本和图星资本共计1200万的融资，其身价估值1.2亿左右，这无疑强有力的从侧面证明了“网红”papi酱的火爆。

在这个几乎全民都上网的时代，想要成为“网红”实在是再简单不过了。

“网红”papi酱能够在网络上红得一塌糊涂，似乎并不在于她有什么过人之处。常看papi酱视频的观众不难发现，papi酱录制视频并没有华丽的平台，也没有过人的姿色，很多时候她录制视频的地点就在客厅、在卧室、在一切最普通不过的地方，至于视频的主角，也就是她本人，基本上也都是素颜出镜。她的短视频，靠的是网络用户们一传十、十传百、百传千所形成的网络热潮而走红的。

所以，在数以亿万计的庞大网络用户面前，网友们可能只需要一间小小的直播，一台性能良好的美颜手机，或者是强悍的化妆技术以及后期处理技术，就有可能成为下一位网络红人，一夜之间火遍大江南北。

有许多网络主播的情况正是如此。这些主播凭借自身某些有利条件来吸引观众，通过和观众互动、满足观众的某些要求促使观众为自己的直播买单。观众们通过送“花”、“钻石”等直播平台的虚拟礼物来为这些主播们捧人气，有的动辄为自己喜爱的主播豪掷数万、数十万乃至上百万。部分主播如果遇到一个土豪观众，除去和直播平台的分红，甚至可以日入过万。

除了门槛低、收入高以外，这些“网红”主播赚钱的方式相对来说也是比较轻松简单的。网红主播们只要打开直播工具，往椅子前面一坐，和观众们唠唠嗑、唱唱歌，做好互动，就有薪酬源源不断地进入自己的腰包。

于是乎，“门槛低、收入高、工作轻松”似乎成为烙在“网红们”身上的一个标签。

在这个披星戴月、殚精竭虑奋斗个十几年，年收入也不见得能够过 6 位数的时代，“网红”们以上的三个标签无疑不是在刺激和诱惑着那些劳心劳累为人生而奋斗的都市小白领、学生和蓝领们，于是吸引更多的人趋之若鹜。

除此之外，庞大的用户数量下潜藏的巨大商机也让想要在互联网世界分一杯羹的大佬们激动不已，他们开始着手将自己的资本扩展到“网红”这一新兴的群体当中去。

从网络平民到商界大佬，可以说，“网红”挑逗着全民神经。

用户大量聚集、“直播主”大量进入，再搭配上不断涌入的资本，“网红经济”这阵风就这样吹来，吹得各路人马春心荡漾，摩拳擦掌跃跃欲试。

有人说：“站在风口上，猪都能飞起来”。

抓住机会，就可能会成功。回看改革开放初期，很多人选择放弃自己稳定的职业而下海经商，最后成为大企业家。因此这句话也被许多打算投入或者一只脚已经迈进了“互联网 +”浪潮的创业者们当成箴言。

这也恰好证明这句“话糙理不糙”的真理。

然而，事实往往没有设想中的那么美好，出师未捷身先死者有之，这些人刚刚飞起、甚至还没有飞起来就铩羽落败了；扶摇九天半路而折者也有之，大学校园孵化器里的不少创业项目就是还没走出孵化器就宣告破产，深陷“近 90% 创业公司 C 轮死”的魔咒。

更有甚者，是在巅峰时期突然陨落，比如前几个月因为其创始人公开诋毁周杰伦又一次出现在公众视野的某电商品牌……

可以说，这一次“追风行动”中的盲从者们，轻者废弃学业、丢掉饭碗，重者倾家荡产，片甲不存。

于是这句话有了一个新版本——“站在风口上，猪也不一定能飞得起来”。

于是，“网红”这一随着互联网大众化应运而生的特殊群体，也被定义成了下一个风口。许多网民开始投身到自己设想的“网红”事业中来，并为此奋不顾身。

有些网民为了成为“网红”，博得别人的关注和眼球，不惜在网络直播平台上出卖自己的色相，在数以万计的观众面前做一些不堪入目的动作，行为癫狂，让人无语。前一阵子有“斗鱼TV”直播平台的主播直播“造娃娃”，实际上就是公然在直播平台上直播淫秽行为，受到举报之后有关部门介入调查，不仅自己被查封，甚至牵连整个斗鱼 TV 都被封了服务器。

还有网红“蛇精男”，靠着自己整容过度的蛇精脸以及无比自恋的言论来博出位，虽然也能够达到吸引人们注意力的效果，但最终却是招致骂声一片。

其实，在这个遍地是“网红”的时代，虽然不时会有一些网络红人能够得到网友的热捧，但是也只有极少数的“幸运儿”能够站在风口扶摇而上，不是所有的人都能够像 papi 酱一样在网红界爆红之后，还能够经久不衰。这样的人，实在是少之又少。

而且“风”总有一天是会停的，如果“风”停了，又该怎么样?

依旧拿 papi 酱“说事儿”。

papi 酱在网络上爆红之后，她获得真格基金、罗辑思维、光源资本和星图资本共计 1200 万的融资，并在北京举办了 papi 酱贴片广告拍卖会，经过不到 10 分钟线上线下同时出价竞拍的激烈角逐，就被电商公司“丽人丽妆”的代表以 2200 万的出价结束本场拍卖。与此同时，papi 酱合伙人杨铭宣布，下一步将会做成一个开源平台并命名为 papitube。

作为一个网红，papi 酱成功地实现了自己向商业模式的转型，这意味着，即便是“网红”这一阵“风”停止之后，她也不会悲惨地从高空之上摔下来摔得体无完肤。

与此相同的，还有在前不久凭借《踏雪寻梅》获得第 35 届金像奖影后的春夏，也是书模网红出身，但在拿到金像奖影后头衔之后，也将彻底摆脱网红之路。

由此可见，风停之后，那些已经停留在高处的“网红”之所以没有重重地摔下来，是因为她们不是脚下已经铺设好了阶梯、就是已经奋力长出了翅膀。

风停后短暂下降再度飞起的，是那些对这个行业充满热爱且一直默默提升自己的人。

不过话又说回来，其实越是这种像“网红”一样受到全民追捧的现象，网友们在投入其中的时候就越应该冷静、良性的去思考：以我现在的能力、社会经验能否支撑我从事“网红”这一行业？我对“网红”这个行业是真心热爱吗？若风停之后，名利的浮云般散去，我还能否继续坚守？或是像网红鼻祖 CK 沉珂一样销声匿迹？

关于第一个问题。就像很多人只看到了 papi 酱通过一个又一个的短视频就能够红遍网络，但鲜少有人知道 papi 酱是中央戏剧学院导演系硕士毕业，其扎实的专业素养为她的爆红奠定了基础。

最难能可贵的是，papi 酱每一段视频看似通过或犀利、或讽刺的语言来吐槽时下某些社会现状，但却具有极其清晰的内在价值观：崇尚真实、摒弃虚伪、吐槽一切虚伪的行为、倡导个体自由，而这也正是年轻一代所共同追求的东西。papi 酱的视频之所以能够获得广泛共鸣，原因便在于此。

而这些，在现如今绝大多数一味崇尚金钱、物质以及奢靡生活的网红当中，属于绝对的清流。

关于第二个问题。papi 酱在因为视频内容存在表述粗口、侮辱性言语等问题被勒令整改后，她并没有意志消沉，而是积极配合广电总局的要求进行整改。整改之后，她甚至还在 7 月 11 日晚

9 点在八大直播平台进行了个人首次直播。

因此，关于上述两个问题，假如你的答案都是肯定的，那么别迟疑，上路吧！说不定下一个 papi 酱、下一个全民网红就是你！

但如果你的答案是否定的，或者说稍有迟疑，那还是三思而后行吧，不要为了求关注、博眼球、当“网红”，就选择屁颠屁颠地去当风口上的那头“猪”。

忠言逆耳，再说一段题外话。

最近，王宝强发布离婚声明后，其前妻马蓉和前经纪人宋喆就被推往舆论的风口浪尖，成了网友们攻击的众矢之的，甚至连与之同名的乒乓球运动员宋喆也无辜“躺枪”，成了一些不知情网友们攻击和唾骂的对象。

这个时候，牵扯到关系的人都知道要明哲保身。然而，让人意想不到的竟然是，在微博搜索关键字“宋喆”，竟然出现了一大片的相关用户 ID，无一不在向他人证明“我就是第三者宋喆”！

这些网友们为了博眼球、博关注，成为新一代的网红，情愿站在风口浪尖上抢着承认自己就是宋喆，可不就是屁颠屁颠地抢着去当那头站在风口上的猪吗？

扶与不扶

假设你走在路边正巧遇见一个摔倒需要帮助的老人，你善良的本性会让你毫不犹豫地伸出你的手吗？

首先，你需要大量的排他性信息在脑海集中思考，并根据当下社会因素分析你的行为会给自己带来的风险。你大脑处理信息过程中的迟疑，可以被称作“风险预警”。很多人对此都满腹疑问，是该扶助还是袖手旁观。

这好比凭你的人品去赌买彩票的幸运。看人家白发苍苍，用无助的眼神望着你，于是你义不容辞地伸出爱心之手。可是就在扶起那老人的一瞬间，他撕掉了那张慈祥的面具，四处散播“求救”的奸诈，叫来三五个同伴一心只想勒索你口袋里为数不多的银子。

此时，你的世界电闪雷鸣，你的内心悲愤万分。

于是，你可以听到来自各方面的声音：“善良就是对自己的残忍！”

你内心百般诅咒，千般叫冤。可是现实还是让你掏钱来息事宁人。

人格的缺失、自我的贬低、善良的远去，使得那些被利益驱使进而在道德之路越行越远的人，变成了一个张牙舞爪的魔鬼。

再于是，你发誓不再管这人间闲事，不再让自己的善良受到任何伤害，也不再让自己的“银子”被别人消费。

这是人性最大的可悲。

从恶向善也许需要漫长的引导，是愚公移山的坚定才能在长时期内做到。可从善到恶却只需一秒，尤其是面对人潮涌动经不起诱惑的现实社会。

一边，是不与争锋、宁可静守一身穷困潦倒也绝不出卖自己灵魂的高贵；一边，是金灿灿的散发邪恶的黄金在招手，在神魂颠倒中腐蚀了灵魂卑贱。

近年来，各地发生了多起摔倒的老人无人扶助或者被扶起后讹人的事件，均可从中看到“彭宇案”的影子，“扶与不扶”成了一个充满经济与道德高风险的社会难题。是老人变坏了，还是坏人变老了？老人为何讹人？又如何重新托起社会道德水平？成了浮现在人们面前的问题。

2006 年 11 月，南京彭宇将被人撞倒后骨折的老人送进医院后，老太及其家属一口咬定他就是“肇事者”，在一审时法院判决彭宇给付受害人 45876.6 元损失赔偿，时隔 2 年之后，此案在 2008 年二审时和解。

2009 年 11 月，重庆初二学生万鑫扶起摔倒的老人，但老人及其子女称其是肇事者，起诉并要求其父母赔偿。一审时多人证明少年清白，法院驳回老人诉讼请求，老人不服上诉。二审开庭这天，老人撤诉。

2011 年 8 月，江苏南通的长途车司机殷红彬、乘务员郁维贞在路上扶起了一位被撞伤的老太太，事后，老太称司机为肇事者，幸亏行车记录仪还原了事实真相。

……

2010 年 12 月，福州一位八旬老人摔倒路边，一位好心女子欲上前查看老人是否随身携带急救药物，但被人“好心”劝阻。此后再无人上前施救，直至老人生命终结。

2011 年 1 月，北京市的许大妈去菜市场途中摔倒，当她向周围的人投去求助的眼神时，却无人愿意上前搀扶。最后，她不得不用了很多时间才自己挣扎着站了起来。

2016 年 3 月，一位七旬老人摔倒在路上长达半小时，多名行人路过却无人帮扶。老人最后被扶起时说的第一句话是：“谢谢你，放心吧，我不讹人！”

……

这样的因果关系让我们看到的是什么？

从“彭宇事件”到老人猝死事件，让每个人都觉得心寒。无论在这场道德与非道德、正义与非正义的较量中谁输谁赢，结论都指向了社会道德的沦陷和人与人存在的信任危机。

关于老人摔倒扶不扶为什么反响如此巨大？就是因为它颠覆了敬老助幼、见义勇为的传统美德。中国的传统道德中，我们从小就知道要尊老爱幼，对人要善良宽容。然而讹诈事件的频频发生，直接刺痛了人们的正义和良知，伤害了我们坚持几千年的道德准则。

如此平常不过的事情，在现实生活中却演变得令人们感到无比的沉重、酸楚和尴尬，却引起媒体和舆论无休止地争论。我们生活中真的多次出现了老人摔倒、众人在旁围观的怪现象，甚至出现摔倒老人“我不会讹人的”，以及“我掏 200 元，谁把我扶起来钱就给谁”的无奈。

曾几何时，老人的摔倒与扶助演变成了东郭先生和狼的故事，多么无奈的演变！又是多么痛的领悟！

只是，我们应该保持着善良的底线，扶起老人，对得住的是自己的道德，是自己的良知。至于老人及家属怎样去诬陷，那是他们的道德良知。做自己该做的，只有出发点是善良和正义的，对与错，是别人的事。

问心无愧、行端做正，不管是在什么年代，我从不相信没有人肯出来为善良和正义做证。而且，我相信，善意的一言一举，衬托的是整个社会的良知，让社会看到，道德是存在的，并不是因为个别讹诈的案例而去毁灭了社会道德。

“我唯一的害怕，是你们已经不相信了——不相信规则能战胜潜规则，不相信学场有别于官场，不相信学术不等于权术，不相信风骨远胜于媚骨。你们或许不相信了，因为追求级别的越来越多，追求真理的越来越少；讲待遇的越来越多，讲理想的越来越少；大官越来越多，大师越来越少。因此，在你们走向社会之际，我想说的只是，请看护好你曾经的激情和理想。在这个怀疑的时代，我们依然需要信仰。”

这是一位北大学生在毕业典礼上的致辞，当我们为其喝彩的同时，难道就没有扪心自问是什么样的社会导致了这样的“害怕”。

是我们与骨子里的道德概念越来越远了。

是我们越来越害怕善良的本初被欲望的邪恶所伤害。

可是，真的有人已经不相信了——不相信善良可以战胜邪恶，不相信信任有别于放任，不相信道义重于利益。

1935 年，时任纽约市长的拉古迪亚在一个位于纽约贫民区的法庭上旁听了一桩面包偷窃案的审理。

被控罪犯是一位老妇人，被控罪名是“盗窃罪”。法官讯问到老妇人，是愿意证明自己的清白或愿意认罪，老妇人嗫嚅地回答：“我需要面包来喂养我那几个饿着肚子的孙子，要知道，他们已经两天没吃到任何东西了……”

法官最后宣判——老妇人要么缴纳十美元的罚款，要么选择十天的拘役。

审判结束后，拉古迪亚从旁听席间站起身来，脱下帽子，往里面放进十美元，然后面向旁听席上的其他人说：“现在，请每个人另交出50美分的罚金，这是为我们的冷漠所付的费用，以处罚我们生活在一个要老祖母去偷面包来喂养孙子的城市与区域。”

那一刻，每个人都默默无声地、认认真真地捐出了50美分。

老太太偷面包的错，是由这个事件的发生环境引起的。错误的源头在于这个事件的发生环境，老太太选择偷面包只是以错对错，是相对而行的做法。而这位纽约市长，他本身是这个事件发生环境的一部分，因此他认为自己也有错。这种忏悔是他为穷人争取贫民应该享有社会福利保障权利的根本动力。

当今社会上拜金主义等不良思潮，使诚信成了人们必须重新认识和思考的一个社会问题。但是媒体对个别的好人被冤枉、甚至是被诬告事件动辄大肆渲染，不是为了正义而振臂谴责，而是以围观的态度等待真相。

这些媒体和舆论，如同老妇人偷面包的社会一样，正是它们价值观的变形，导致了人们被误导，使善良变成了柔弱，使正义的力量变成了“人心叵测”的犹豫。

在我们中华民族几千年的历史长河中，诚信、助人为乐、救死扶伤始终都是主流观点和守则。只是，在某些价值观扭曲的媒体报道中，看着少数“道德滑坡”事件的发生时，人们的眼光忘记投向层出不穷的“道德楷模”身上。

站在法律的角度看待这类“诬陷”案件：

法律是重证据的，证据确凿是判决的标准，这是法律的严谨性。即使，大家都觉得你没有错，即使，法官也觉得你的行为是正义的，但是，没有证据的证明，一切都是虚无，证据是立法公正、执法严明的一个基础。

就扶助老人反被诬告的事件而言，老人及家属是当事人，他们的“目击”就会成为第一证据。而被告，如果没有社会大众、没有路人、没有监控录像的作证，法官也是无能为力的。

所以，大众“事不关己，高高挂起”的态度也是对善良的一种伤害。维护道德，匡扶正义同样是大众的社会道德所肩负的职责，如果人人都遵循为正义伸出援手的道德准则，那么因缺少证人而导致的“冤案”将会不再发生。

我们都有老去的那一天，难道大家想希望自己在摔倒的时候，不住地对围观的路人说：“求求你们帮帮忙，我不讹人”吗？简简单单一句话，折射的是老人的心寒，是道德的心寒。

如此现象，怎能推动社会进步？

大家一起去扶老，随着道德的普遍提升，这种讹诈、诬陷的现象自然会成为众矢之的，在道德的准则中、在社会的监督中、在法律的严肃中、在舆论的谴责中，这种人的丑恶嘴脸无处遁形，自然，也会止步于善良的力量面前。

2013 年 6 月 15 日，蒋婆婆在四川达州城区正南花园附近摔倒在地，造成大腿根部粉碎性骨折。摔倒后，蒋婆婆抓住一九岁小孩的手。小孩称当时是赶过去搀扶老人，却被诬陷。蒋婆婆则说是三个小孩将自己撞倒的。

因敲诈勒索，当地公安机关给予了蒋婆婆和其儿子行政拘留、罚款等处罚。

请尊重善良！

因为善良的力量远比想象的要强大得多。

我们到底要用善良的高贵痛击邪恶的卑贱，或是在善良中沉默，任邪恶肆意表演着它的淫威？

一个人的行为无论好坏都会影响到这个集体，团队的磁场会改变流着同样血液的基因。一匹马在狐狸堆里待的时间长了，久而久之会比其他马更狡诈。而狐狸如果在马群待久了，也会演化出热血沸腾的忠贞。

我们现在正处于社会的大发展、大变革时期，这个时期，矛盾会十分尖锐，各种不公平、让人寒心的事件逐渐被显现，于是大家不胜唏嘘。但是，请不要因此就对人性、对社会失望，有关注才会有解决，当矛盾解决后，当一切回归一个至真至善的传统，我们的社会环境，会以更傲然的姿态挺立。

尊重中获得对自己的审视

布克哈克曾说：任何一个文化的轮廓，在不同人的眼中都可能是一幅不同的图景，但不可否认的是，文化图景的不同不能成为漠视文化的理由，尤其是对于传承千年的佛家文化而言，岁月的积淀赋予了它厚重的庄严。

想象一下，在佛寺这种最是清净、圣洁的宗教场所，于一众清修僧侣之间，突然出现一个穿着暴露的女子是一种什么样的景象？庄严肃穆的佛塔，衣袂飘飘的透明连衣裙，成何体统！

据报道，一名俄罗斯女子在泰国吉普旅游的时候，穿着一身透视装进入到当地的寺庙，并把照片上传到网上。

从网上流传的照片来看，该俄罗斯女子穿着一件十分透薄的连衣裙，并且可以明显看到里面透出来的黑色内衣内裤。这名俄罗斯女子的衣着不仅惹起当地原住民的不满，还被认为这是对寺庙神明的亵渎。在照片上传到网上数小时后，被当地警方带到警局，警方以亵渎神明要求其双手合十拍照道歉，以此警告。

应该没有谁会在前往一个陌生国度去旅游之前，不会事先做好相关功课。但凡只要这名俄罗斯女子有翻过一点和泰国相关的书籍，那么她就该知道，泰国是一个全民信仰佛教的国家。在泰国的寺庙穿透视装，是对泰国国民信仰的蔑视和精神的污染，最终将受到当地群众的谴责。

也不知道这位俄罗斯女子是真的蠢到对泰国风土人情和宗教常识一无所知，还是为了博网友们的注意力故意这么做。

泰国虽然不是一个严格意义上的宗教国家，但是其整个国家对于佛教的信仰已经超乎寻常国家。佛教是泰国的国教，国旗上的白色条纹也代表着佛教，象征佛教的纯洁，而且这个国家的男人小时候都要到寺庙里出家一段时间。由此可见，佛教在泰国拥有着至高无上的地位。

女子着透视装逛寺庙从文化的角度而言可以看作是现代元素与传统元素的碰撞，现代元素与传统元素的碰撞可能形成完美的统一，也可能造就彼此间的格格不入，在庄重之地着不雅之装本身就是对佛家文化的一种亵渎与不屑一顾。

因此，该女子的行为折射出的是对一种文化的淡漠，是对一个宗教的蔑视，而这种淡漠与蔑视的背后则是价值取向的扭曲。

古语有云：以小明大，见一叶落而知岁之将暮，睹瓶中之冰而知天下之寒，如果把佛家文化看作是对共性的推崇，那么女子衣着的随性则可以看作是个性的突破。从哲学的角度来说，属于上层建筑的价值取向决定于与之处于同一时期的经济基础，经济的转轨无疑带动了社会整体价值理念的转变。

不可否认的是，曾经的集体主义观念正在逐步淡化，取而代之的则是对个性的追逐与张扬。在自由民主观念深入人心的当下，追求个性本无可厚非，却不能成为践踏文化的理由。我型我秀固然可以算作是一种率真，比率真更为重要的却是尊重，正如弗洛伊德对自我的划分，率真只能算作自我，只有懂得尊重才能达到超我的境界。

其实这名俄罗斯女子事件并不是个案，2016 年 5 月份，有一组大尺度照片在网上流传，照片中有疑似一对情侣的男女在大理人民路拍摄了一组几乎全裸的照片。照片中，夜色下两个人一丝不挂，并时有夸张的镜头出现，让人不忍直视。

之后，有网友感慨道：大理这个充斥了少数民族传统文化元素的城市，本来是要去这里追求心中的一片圣土的，竟然爆出了这样的事情，那究竟还值不值得去，还要不要去？

不得不承认的是，社会的物欲横流不断地侵蚀埋藏在人们内心深处的信仰，取而代之的是质疑与困惑。实际上怀疑与信仰并非完全地排斥，正如罗曼·罗兰所说，信仰与怀疑都是必需的，怀疑能够摧毁昨日的信仰，也能替明天的信仰开路。

悲哀的是，当今的社会有的只是用不断地怀疑摧毁昨日的信仰。佛说，人人皆有佛性，人与佛的区别只是在于能否明心见性，当前这个社会缺乏的便是明心的觉悟与见性的勇气。

如果“透视装逛寺庙”的事件发生在我国，还会引起如此大的轰动吗？

恐怕很难。

如今的网络时代，新闻的报道中娱乐份额占了半边天。国人关心娱乐八卦，忙着追看“段子”，热搜排行榜上的新闻事件少之又少，大部分国人用漠视的眼光看待传统文化所受的侵扰。

这些现象源于国民越来越不了解、不重视传统文化给我国的发展带来的影响，生活的安逸也让国人忘记了佛家对我国发展所做出的突出贡献。

佛家文化代表着泰国对于家庭幸福安定的信念，是不断维系着每个家庭的社会团体的道德规范。

无论外面的世界有多么喧哗，寺庙都是安静庄重的场所，是神圣的象征，是泰国人民心灵的寄托。所以泰国警方对于这名俄罗斯女生的处罚不在于外力，完全源于民众的本心，正体现出泰国政府与民众对于本土文化的尊重和对释家文化不容侵犯的思想。

我国奉佛之风始于汉朝，据《后汉书》所载：汉桓帝数祀浮屠，百姓稍有奉佛者，后遂转盛。

至南北朝，已是“南朝四百八十寺”的繁荣。此后诸朝虽对佛教尊贬不一，但佛教文化却最终融入中华文化的范畴，并且自成一家。与罢黜百家的儒家文化相比，释家文化本身更是一种信仰。

正如罗曼·罗兰所说，信仰不是一种学问，而是一种实践，是以四方信众万里朝圣，只为“供养佛陀，听经受法”，而寺庙作为释家文化的一个载体，无疑是其信奉者的现实归宿。

佛教作为一个外来宗教，能够与我们本土的道教共同发展绝非是一种偶然，当然，佛教文化的发展有与儒家、道家思想的融合，但不可否认的是，其自身“导人向善”的价值理念与时代背景的相适应，最终铸就了异域文化与本土文化的相融共生。

更为重要的是，千年的传承完成了佛教文化的本土化改造过程，纵然中国古代更多地将其视为加强政治统治的工具，释家文化已然成了中华传统文化的一个重要部分。作为一种文化，佛教给予的是为人处世的准则；作为一个宗教，佛教赋予的是绝境逢生的希望。

习主席在一次讲话中曾论述了“具有中国特色的佛教文化”及其“独特的佛教理论”，并指出佛教“给中国人的宗教信仰、哲学观念、文学艺术、礼仪习俗等留下了深刻影响。中华文明是在中国大地上产生的文明，也是同其他文明不断交流互鉴而形成的文明。人类生活在不同文化、种族、肤色、宗教和不同社会制度所组成的世界里，各国人民形成了你中有我、我中有你的命运共同体。”

守护中华文明，守护华夏大地，必须要注重文化的教育与研究。国人更应当学习国家间对于宗教的态度，取其精华，去其糟粕，将宗教文化印上属于我们国家的精神标志。

中华民族有着源远流长的传统文化，也一定能创造中华文化新的辉煌。

《涅槃经》云：“不生生不可说，生生亦不可说，生不生亦不可说，不生不生亦不可说，生亦不可说，不生亦不可说”。辗转之间已经体味人生百般取舍滋味。

佛家及众生平静、淡泊之气，让人们感知一树一菩提的意境。人们日常生活中也会在交流时引用佛家——“苦海无边，回头是岸。放下屠刀，立地成佛”、“菩提本无树，明镜亦非台，本来无一物，何处惹尘埃”、“我不入地狱，谁入地狱”等耳熟能详的经典。然而，国人对佛家、佛教文化的关注和尊重程度依然存在片面。

一人去深山中的寺庙找禅师问道。

禅师问：“你到这儿来是干什么的？”

那人说：“我是来修佛的。”

禅师答：“佛没坏，不用修，先修自己。”

古谚中的“修身、持家、治国、平天下”。一个人的道德品质极有可能影响这一个团队的精神，社会发展的稳定需要国民素质的提高。

体会佛家经典，我们是否有着在快速发展生活品质提高的同时却远离佛家经典文化的不安？

我们是否对伴随我们千年的“仁、义、礼、智、信”的儒家思想除了了解这些名词外还有着进一步的认识?

我们不仅是要了解儒家思想赏心悦目的美丽，更需要了解其中的科学内涵，将传承下来的可代表中华民族的精神继续传递。而现在的青少年中又有多少人看过代表儒家经典的“四书五经”?

爱因斯坦是让世界震惊的科学家，在国人迷茫的对待民族文化时，爱因斯坦留下一句:“若问哪种宗教可以应付现代科学进展的需求，那么这个宗教便是佛教。”

似乎我们无法用肉眼真实的看清何谓西方世界，但是我们可以遵循本心的净土而不是无视佛家带给我们在科学世界的启迪。

身边的人们生活中极少的接触佛家文化，常常感叹何为念佛?何为极乐?拥有2500多年的佛教对世界国家中产生了重要的影响，这个时代国人想要重新获得佛教中的人文精神，需要对佛教产生全新的认识。

弟子问佛祖:“您所说的极乐世界，我看不见，怎么能够相信呢?”佛祖把弟子带进一间漆黑的屋子，告诉他:“墙角有一把锤子。”弟子不管是瞪大眼睛，还是眯成小眼，仍然伸手不见五指，只好说我看不见。佛祖点燃了一支蜡烛，墙角果然有一把锤子。

你看不见的，就不存在吗?佛家思想就在我们的身边，只要用你细心的目光发现社会的焦点，你会发现佛家的思想无处不在。值得我们用心体会的经典实在数不胜数。

“善有善报，恶有恶报”的因果说，就是我们沿用至今的生活准则，我们今天所说的“如实”、“平等”等词汇便是来源于佛家。民族食物腊八粥同样由佛家传播发展而来，佛家文化更是在我国有着悠久的历史，从魏晋南北朝开始，中国传统文化已不再是纯粹的儒家文化，而是儒佛道三家汇合成的文化激流。我国的建筑更是多次借鉴佛家元素，石窟等文化遗址更是成了民族的瑰宝。

面对这样伟大的佛家文化，还有什么理由拒绝接受佛家文化的滋润？

对比佛教教义与中国传统思想的精髓不难发现，二者目的的一致性决定了能够从释家文化的发展中寻觅中国传统文化的脉络，而对于释家文化的认知与尊重的缺乏也就意味着对传统文化的淡漠与轻视。

传统文化无疑是一个民族最为宝贵的财富，它不仅是创新的源泉，更是保持民族特色的标志。不可否认的是，时代的变迁看似斑驳了传统文化原有的光彩，岁月更迭之下隐藏的却是盎然生机，释家文化的生机根植于普世的情怀，得益于众生平等的理念，而不仅仅只是度化世人、超脱轮回的终极目标。

宗教的发展得益于信仰，文化的发展依赖于尊重，信仰与尊重是社会不断进步的源泉，同样也是精神得以传承的保障。

尊重是我们最好的重视态度，我们需要尊重佛教、尊重佛教人士、尊重佛教文化，更深度地了解这种历史悠久具有传承价值的文化。

“中国式司机”与“路怒症”

据不完全统计，仅中国内地每年就有超过12万人死于车轮之下，平均每天超过330人，也就是说平均每4分钟就有1条鲜活的生命成为轮下之鬼。其实当一个不负责任的人驾驶着汽车在飞奔的时候，比一个人拎着大砍刀到处晃荡还要危险，他随时可能会用车轮“杀”死一个或数个无辜者。

也不知道怎么了，这几年车辆保有量暴增，开车人的脾气也是暴涨。

前不久，成都一司机张某开车逼停女司机卢某，将其从驾驶室内拉下车并拳打脚踢。据张某称，卢女士的车在行驶过程中突然变道，使他车内的孩子受到惊吓，因气不过，他随后一路尾随并实施对卢某的殴打。

于是众网民纷纷斥责卢某的暴力行为。

随后，一些新的视频曝光，令舆论立即反转，此前同情女司机的人数减少，认为两者都不对的增多。因为，女司机在第一次并线挤了男司机后，又超车第二次挤男司机，徒增有故意之嫌。同时，一个大型网站的调查表明，69.8%的被调查者认同“女司机是马路杀手”的说法。

于是，接连一段时期，围绕“成都女司机被打”衍生的新闻一个接一个，女司机被人肉搜索，所引发的舆情一浪高过一浪。包含交通违规、打人违法、隐私保护、网络暴力等诸多内容的“成都女司机被打”事件，已经成为一个当下社会的标志性符号。

就这件事本身而言并不复杂，前车违规，后车施暴，在我国现行的法律框架内，都能找到相应的处理规则，但是，舆论圈中有些人却对那位打人的男司机高度赞扬，上海一位媒体的评论员在其公开发表的文章中，将其称为“侠士”，他的理由是，“文明是学出来的，更是打出来的”。

如果我们身处愚昧时代，听到“文明是打出来的”这样的观点，也许会觉得很有道理。但是，今天的世界早已摆脱了愚昧，尚武也不再是文明的象征。

古人早就告诉我们：“君子不立危墙之下。”在成都这个个案中，视频显示那位女司机一再“别车”，所以搞得男司机大光其火。但是，他那种针锋相对的行为本身是在加剧危险性，如果他见到女司机如此胡来，远远地避开，就不可能发生如一些人所认为的将导致车毁人亡的惨剧。

当然，这样做的一个后果可能是那位违章女司机更不自觉，但我们应该相信，她可以一时得逞，不可能永远得逞，我们现在毕竟不是生活在丛林社会，只要她的违章行为是存在的，政府管理部门终将对其进行制裁。

打人不是文明，文明更不可能依靠打人来达成，行车的文明更不是靠打出来的。如果打人能解决问题，汽车的发动机就可以交给拳头，高速公路也只能由蛮汉霸占了，最终的结果可想而知，便是文明的荡然无存。

同样在前不久，北京一个驾驶员对快递小哥连扇耳光，只因快递小哥不小心蹭了他的车。

就在前几天，南昌一车主因对交警对其机动车乱停放的处理有异议，竟然召集亲友将现场的两名交警打得头破血流。

在西安，小客车司机因公交车司机挡了路，两男子逼停公交车后上车暴打公交车司机，导致公交司机的鼻梁骨被打断；在甘肃兰州，一辆奥迪车欲停在医院应急通道被阻拦，女司机下车用膝盖攻击保安下体，还用高跟鞋狠打保安头部……

可怕的“中国式司机”们，可怕的“路怒症”患者。

“路怒症”概念最早来自国外心理学界。

后来医学界把“路怒症”归类为“阵发型暴怒障碍”，就是说多重的怒火爆发出来，猛烈程度让人震惊。“路怒症”发作的人经常会口出威胁之词、毁损他人财物、甚至动武，所以，这就被定义为“攻击性驾驶”。

听起来好恐怖的样子。

在现在越来越拥堵的城市，无论是知书达礼的小资，还是风度翩翩的白领，控制汽车的能力越来越强，控制脾气的能力却越来越弱。这种通病在汽车社会见怪不怪，此即所谓“路怒症”。

愤怒是心中的魔鬼，此话是公认的真理。由此可见，“路怒症”是心理问题，尤其在这个“中国式司机”、“中国式过马路”现象已成为平常的城市习惯中，“路怒症”的病发，也就司空见惯了。

现实生活中，不讲规则、不文明现象屡见不鲜，而许多这样的现象，大多数时候是在不触碰具体法规的情况下出现的，人们也就慢慢学会了睁一只眼闭一只眼。但当这种不讲道德和规则的行为出现在行车过程中时，一辆车的能量足以让那些平时就不守规则的人把“任性”表现到一个新的“高度”。在这种前因后果的关系之下，几乎可以想象，任何一次没有酿成后果的违章驾驶，都可能会升级为一场治安案件。

从心理的角度来看，“路怒症”是一种社会素质文明的疾病，随着时代的发展，这种焦躁的心理疾病也悄然“与时俱进”，“路怒症”正是这个汽车时代的特有症候，甚至可以说，“路怒症”是“疯狂时代”的象征。

“路怒”绝不是司机可以任性玩的游戏，而是对社会公德的漠视。

人的任何行为都是有其目的，当人在达至目标的进程中，被迫限制了行为自由，肯定急躁，也肯定会郁闷或怨怒。但是任何一个人，只要你没有精神类的疾病，都可以控制自己的情绪。同时，每个生命个体都是受保护的，对别人的伤害必然要付出代价。明白这点常识，就懂得在生活细节中尊重自己。

返回头看看“中国式司机”吧！有人定义了“中国式司机”七宗罪：

一、不懂得礼让行人。君不见，抢过马路的司机。他们的眼里，自己的时间比别人的生命还重要。

二、占用非机动车道。君不见，非停车带停着的汽车。而且，那不是一辆，而是一排。

三、逆向行驶往前挤。君不见，左侧黄线飞驰而过的司机。而且，那也不是一辆，通常那后面会跟着很多辆。

四、随意开窗丢垃圾。君不见，飞出窗外的香蕉皮。不仅如此，还有烟头、浓痰、饮料瓶甚至卫生巾。

五、抢黄灯。君不见，那一辆辆比黄灯闪烁速度更快的车。细细想想，有几辆车是在黄灯闪烁的时候停下的?

六、乱摁喇叭。君不闻，喇叭声声闹人心。汽车喇叭原本是对危险的提示，但是现在似乎成了很多司机手里的乐器，他们根本不把禁止鸣笛的警示牌放在眼里。

七、开着远光灯。君不见，对面来车明晃晃开着刺眼的远光灯。在远光灯的照射下，前面一片朦胧，几乎无法看清路面的情况。

除此以外，还有随意停车、开车打电话、下雨下雪不避行人等驾驶陋习。

当越来越多的人对这种“无伤大雅”的违规不以为意，甚至习以为常时，个别人的违规就演变为集体行为的失范。甚至有的时候，我们在共同打破规则的同时，还“巧妙”地相互磨合出一些陋习，比如“人不看车、车不看人、大家都不看灯”的“中国式交规”。

殊不知，违规的成本是巨大的。还以交通为例，中国交通事故死亡人数占各类安全生产事故死亡人数的 80%以上，一个重要原因就是交通违法行为大量存在。

“路怒症”和“中国式司机”是人们与现代社会文明相悖的心理疾病，某种角度而言，反映了当下社会一隅的焦躁、自私、暴戾等情绪。这些情绪不仅是一种病态的现象，更是人们无法容忍的“负能量”。

当“路怒症”成为“中国式司机”的并发症时，其后果，不言而喻。

其实，愤怒是表象，其根源在心里。“路怒症”是与现代社会文明相抵触的疾病，其发病的表征虽然在路上，充满火气、戾气，但病症的根源在心里，是对法律的轻视、对道德的漠视。

无知者无畏，如果内心轻视法律、漠视道德，就会置自己和他人的安全于不顾。一旦遇到问题往往得理不饶人、“新仇旧恨”一起发作，采取以错对错、以暴制暴的方式，并因此而为自己的冲动付出惨重代价。

如果汽车时代象征文明的进步，那么驾驶陋习和“路怒症”

则是文明进程的弊病。在人满为患的年代，自然就有车满为患必然，这就使一些司机方向盘紧连着情绪，在行车时缺少了法律意识和道德观念，浮躁的情绪和状态下，对他人不文明行为的“零容忍”，进而怒火中烧，别车、超车、辱骂、挑衅，往往由“车斗”升级为“人斗”。

由此而引发的治安问题就没那么简单了。

开车陋习仅仅是个人素质的一种表现，虽然被社会意识所抨击，但终归还是个人的层次问题。可一旦因此侵害了别人，这就将升级为法律问题了。

触犯了法律，当事者必然要为自己的行为担负相应的法律责任，同时，也将担负社会对其的指责、文明对其的鄙视。

人类从茹毛饮血的洪荒时代步入现代社会，文明的进步从来离不开规则的匡正。无处不在的规则确保我们永续繁衍、社会不断繁荣。

规则规范了社会的整体秩序，对个体而言往往体现为约束。因此，有人乐于在“小小不言”处打破规则——闯个红灯、插个队——获得一些便利，赢得些许小利。

我常常站在十字路口犯傻和尴尬，红灯当前，有时只剩下我一个人“不敢”闯红灯。有一次，一辆标有某执法单位的小车闯红灯，当它傲慢地与我擦身而过时，我指了指红灯说：“看到红灯了没有？”那司机居然一脸不屑。

作为社会的一员，如果你不愿意让自己成为被指责的对象，那么，就管好自己内心的冲动，不要成为“冲动中的魔鬼”。

不带着规则意识上路，就永远止不了心中的愤怒。其实，愤怒是表象，对规则的忽视，对文明的漠视，才是社会戾气的根源所在。

文化与低俗的较量

追溯我们文化市场的历史，在相当长的一段时间内，“市场”并未在文艺的评价体系中产生举足轻重的作用。从政治、道德、社会历史到审美、艺术形式、心理分析，诸多范畴都曾充当文艺批评围绕的轴心，但是，这些批评的影响对于当下“低俗文化”市场的影响微乎其微。

清华大学哲学系肖教授曾在其微博发文，言辞犀利地炮轰“娱乐泰斗”赵某，对于赵某连续两年的春晚小品《捐助》和《同桌的你》，肖教授将其概括为“两个光棍争一个寡妇”和“两个男人为一个女人吃醋”，直指赵某的审美趣味是在拿农民群体取笑，并呼吁春晚导演听取知识界精英的观点——“这个赵本山在春晚舞台上日益暴露出‘店大欺客’、‘装农民损农民’的做派”。

同时，肖教授也将矛头暗指春晚导演马某，不仅话中有话地暗讽其“霸道”，还抨击其“对待观众和学者的态度犹如哗众取宠，如此，马导演们还要胁迫大家买账吗？”

从 1990 年开始，赵某已经连续 21 次登上了春晚的舞台，并多次在“春晚最佳小品评选”中拔得头筹。从这样的纪录来看，春晚上的他已经成了一种反复出现的“现象”，将其概括为“某某现象”也算顺理成章。

赵某凸显了“雅俗共赏”中“俗”的本色，这是一个不争的事实，人们争论的焦点无非就是这个“俗”是喜欢的人多还是厌恶的人多？转过头去思考，其实谈不上是雅俗共赏，只是电视节目硬将其“被欣赏”了。

百家讲坛有着众多忠实的观众，同样，赵某也有大把的粉丝。前者，让观众赏心悦目，听教深思；后者让人捧腹喷饭，回味有余。正所谓萝卜咸菜、各有所爱，如今的电视频道数以百计，不喜欢，只需要调个台就 OK。

没有电视，就没有名人赵某；没有电视像捧着宝贝儿子一样捧着的小品，就没有小品大腕儿赵某。

凭着电视的追捧，赵某买了飞机、开了公司；凭着自己在小品界的地位，赵某收徒弟时貌似黄帝早朝；凭着无数次“忽悠”全国观众的笑声，赵某赚足了自己“傲娇”的资本。

其高调的行为，激起了很多“学者”之不满，为什么你坐飞机住别墅，而我却挤公交、住筒子楼？为什么用庸俗征得众多的眼球，而我辛苦所做之学问却无人问津？于是，江湖上一片骚动，口诛笔伐之势到处可见。

肖教授之说完全是从传统文化的角度去看待的，从其观点不难看出，他所呼吁的是人们对传统文化的重视，对艺术的认知。

早在肖教授之前，就有人坦言：“赵某能够成为春晚的常青树，成为一种现象，这是赵某个人的成功，但却是央视春晚的失败。如果央视春晚的主事者不能尽快改弦易辙，则春晚遭到大众唾弃的一天，也就为期不远了。”

央视的春晚并没有起到发现和推出新人的作用，至少是在语言类节目方面是这样。赵某雄踞语言类节目“王座”的时间差不多长达一代人。

赵某现象还意味着语言类节目已不再是一种“纯粹”的娱乐，它实际上已成了可以获得更高的地位和更多的利益的一种工具。

从赵某的奢华，已经完全证明了这一点。

曾几何时，经济的衡量指标开始直接纳入文艺评价体系。

印数、票房或者收视率、点击率成为考察文艺作品影响力的重要依据，作家引以为傲的荣誉是登上年度收入排行榜。市场是检验商品的标准，文艺批评仅仅成为这种观点的简单延伸。

在“市场”利益的驱动下，很多低俗文化的始作俑者利用人性中难以抗拒的脆弱之处进行挑逗，使得受众沉迷于一种意志沉沦的状态，这对促进思想文明的进步无丝毫助益。

看看如今各种美女文学、下半身写作、穿越文学的销量，再看看主流媒体上讲说不完的有关情爱、绯闻和各路商业明星的闹剧，以及出入于官僚、富豪们身边的风水“大师”……

低俗似乎成了无孔不入的灰尘，遍布每一个角落。

以中国之大，人才之多，真的找不出一个能够挑战赵某地位的演艺人才吗？

人们只能认为，是央视的人才选拔机制和节目筛选机制出了问题，或者有其不能示人的潜规则。毕竟，春晚面对的是全国十几亿的观众，春晚想演什么，观众只能选择看；而观众想看什么，春晚未必会在乎。

就在肖教授的微博被众多“围观”之后，曾经的春晚导演马某专门为了回击肖教授而开通了微博，借自己春晚创作的小品《专家指导》暗讽肖教授的学者身份“不靠谱”，他在微博中称“（我）为您的学生们缴的那点不算便宜的学费泪流满面”。

这话真是相当的刺激！

只是不知当时的马某知不知道：不是谁都有资格做一个大学教授，更不是谁都可以经过数十年的潜心问道而得以为人之师。

马某此言让人赫然发现原来堂堂春晚大导演竟然是如此浅薄，于是其执导的春晚为何“年年岁岁花相似”自然就被理解了。

任何人都有话语权，春晚的观众当然可以对自己的看法加以评说，难道春晚就是许看不许说吗？面对数以亿计的观众，是不是春晚的好与坏只能被接受，不能有意见？

这该是店大欺客的行为吧！如同马某所讲“知识界的精英不是春晚的收视主体是一个常识”，那么，反问之，是不是春晚选择什么样的受众要由春晚的导演来选择？

大多数的国人依然习惯了除夕守着家人看春晚，从某种意义而言，春晚代表着祥和、团圆、快乐等众多的“正能量”。当然，春晚的编排者可以有自己的想法，但是万万不要忘了，“水可载舟，亦能覆舟”，偏离了大众，春晚想不成为一个笑谈都难！

塞瓦赖德说：“任何一个低级趣味的人都不会有高级趣味，但是每一个自称趣味高级的人都有相当分量的低级趣味”。或为轻松一笑，或为感受集体意淫的感觉，或只是一种不自觉地选择。

低俗内容是人性中与生俱来的一种真实存在的反映，但许多内容应有其既定的传播范围。比如我们虽不必像过去那样谈性色变，但对其大加详述恐怕也只能限于夫妇之间或专业课堂，可是当下肆虐的“荤段子”已经告诉我们，它的潜在市场有多大。

总之，低俗从一开始就在受众的心里占据一定生存空间。个人隐衷、床笫之私、暴力之虐、金钱之逐这些与文化传统相异的、不可公开言说的话题一旦得到公开宣扬，文化中“丑”的因素便得以膨胀。

是什么在为低俗文化推波助澜？是什么力量使低俗文化时时欲从幕后冲向台前？“文艺是林莽，宽容百鸟飞”，可以说，文化艺术对一切俗的东西，都有相当大的包容性，尤其在今天这个文化多元化的时代，阳春白雪和下里巴人更是并行不悖。

不择手段的出名，甚至不惜出恶名，是许多急于追名逐利者的选择。众多的明星靠“脱”成名，如一些拍“爱情动作片”的演员，或者以某种噱头和反常的言论博得社会关注，比如名噪一时的“F 姐”就是一例。

同时，随着物质条件的充裕，人在物质条件得到满足时，精神便有了向外拓展的需求，而当高尚文化又没能占据思想高地时，低俗文化便乘虚而入。媒体正是其畸形利益观背后的推动者。

一些报刊热衷报道富翁花千万广告征婚，一些杂志以豪宅、盛宴、香车名表为“时尚”，不断刺激社会神经。

虽然看昆曲还是看三级片完全是个人选择，但一个社会的眼睛如果都盯着“下三路”，那一定是社会出了问题，其中媒体有着不可推卸的责任。

日常生活中，我们发现，一些都市报刊、商业网站为了能在同行的竞争中胜出，爱把内容标题做得格外“醒目”，比如一则正经的警方突击娱乐场所抓获涉嫌卖淫人员的新闻，经过编辑加工，变成了警察突击娱乐场所，小姐们衣冠不整，然后再配上一张可能八竿子打不着的“露肉”图片，以获取眼球和点击率。

任何社会文化中都难免低俗的文化因子，可作为大众传播工具，媒体却有责任选择将哪些内容放大，哪些内容屏蔽。如果媒体只冲着眼球经济，整个社会的道德底线将会被无限降低，那么一个社会的主流文化靠谁去建立、传播呢？

前些日子，在巴厘岛举行了奢华婚礼的林某和霍某成了许多媒体赚取眼球的“盛筵”，媒体似乎更愿意竭尽所能地将动不动花费千万乃至过亿的明星们的奢华婚礼全程直播，肆意渲染。

曾几何时，这成了一部分媒体的跟风之作，众媒体乐此不疲，除了奉上毫无感情的吹捧，甚至不顾其嫌贫爱富的无耻嘴脸。

如此说来，其实不是赵某太过低俗，低俗的“艺术”如此横行的时代，或许真正的罪魁祸首是那些媚俗的娱乐载体，就如同曾经在“非诚勿扰”节目中“宁愿坐在宝马里哭也不愿意坐在自行车上笑”的马某之流，拿着无知当个性，拿着粗俗当艺术，用东施效颦之势博得关注。

如果这些娱乐载体对他们置之不理，且看他们如何表演？！

肖教授与赵某、马某之争过去了很久，如今的“笑星”终于在人们几乎进入审美疲劳的状态之后开始出现，比如“毒舌”周某某，比如“损嘴”郭某某，比如宋某某，比如岳某某……

一个在笑声中泪意朦胧、在欢快中有所思索的艺术时代终于开启了，赵某再也不用端着富豪的身份装民工、揣着低俗的态度装天真了。只是，在春晚中长大的我们这一代用了太长的一段时间才明白：原来，那些年，我们都是在低俗文化中“被娱乐”着！

娱乐本无罪，但娱乐到丧失人格、品格，丧失一切文化价值，这样的娱乐产品，跟地沟油、三聚氰胺奶粉等有毒食品又有什么区别？我们当今正处于社会转型时期。价值观混乱，大众内心空虚，也为低俗文化提供了滋生的温床。然而，我相信人们仍会追求真善美的文化价值，而空洞无聊的低俗文化顶多是一阵聒噪，垃圾堆将是它们的最终归宿。

一个没有任何娱乐的社会肯定不正常，然而，当娱乐成为头号主题，当“娱乐至死”的主张在市场的掩护下大面积挤占严肃文化的位置，我们不能不追问：一个民族文化的主体部分究竟应当由什么构成？

关于低俗与否，关于文化观点，想来，还是一句老话“种瓜得瓜，种豆得豆”，人们的欣赏意识和欣赏习惯是电视及其相应载体带动的，还希望这些载体在给人们带来快乐的同时也别忘了让传统文化成为人们的生活意识。

取长补短

屈原在《卜居》在写道："夫尺有所短，寸有所长，物有所不足。智有所不明，数有所不逮，神有所不通。"

取他人之长，补己者之短，这是一个人走向成功的必经之路。

然而，在我们的生活中许多人往往不愿提及"取长补短"之事，认为那是一种耻辱，一种自我否定的表现。《鬼谷子·权篇》曰："智者不用其所短，而用愚人之所长；不用其所拙，而用愚人之所工，故不困也。"可见智者与愚者的界限一语了然。

在我们的生活的周围，不乏这样的人们，自认为比他人聪明，极力地表现自身的长处。看到他人的短处，便沾沾自喜，望着他人的长处不是去学习，而是诋毁、诽谤。当他人指出他的短处时，也不是悔过自新，改正缺点，而是想尽办法掩饰，生怕别人会看扁自己。

这难道是一名智者的所作所为吗？

不，在我看来这是最愚蠢的举措。

人与人之间的"取长补短"是促进发展的催化剂，而不是对自己的贬低，相反只要你诚心去学习他人的长处，弥补自己的短处，不但不会被他人看低，反而会得到他人的尊敬，因为你敢于正视自己的短处。古今又有多少人能够真正面对自身的问题，你能做到这些那将是一次超越自我。

要有点“取长补短”的精神，不仅是一个国家，一个民族的需要，也是一个人成长发展的需要。正视生活中的“取长补短”就会创造一个积极上进的个人，一个团结互助的集体。

人性，是优点和缺点的集合体。正如余秋雨所说：“一个没有阴影的生命里，是不真实的生命。”

一个光讲自己或他人优点而不谈自身或他人缺点的人，是虚伪之人；一个光论自身或他人缺点而不说自己或他人优点的人，是愚蠢之人；一个既能看到自己或他人优点又能见着自身或他人缺点的人，才是明白之人。

优点不说还是优点，缺点，哪怕是细小的，任其放纵，就会成为丑恶之根、祸害之源。

一个人最大的缺点是不能够发现自己的缺点，一个人最大的优点就是能够觉察到自己的不足进而反省改之。

多看别人的优点，我们会更加快乐。

现代人的累与苦，不在于工作的压力、人际的紧张，而在于我们彼此把彼此看得太高，彼此对自己的期望值过大。做人做事往往在得失和功利中寻求着平衡的支点，在模糊与清醒中评判着别人，也高估着自己，在理不清道不明中诉说别人这样或那样的缺点和过失。

从表面看，似乎我们都很完美很完整，其实我们每个人都拥有着太多数不清的残缺，拥有太多说不清楚的阴影面在内心翻腾。只是有的人表露出来，让世人觉得此人的行为过于卑劣。有人则潜藏在内心深处，不易觉察，在他们暗自庆幸，嘲笑着别人的同时，又觉自己足够聪明。

当我们在用审视目光看待别人的时候，为何我们不可以用逆向的思维去只读别人的优点，只找别人的好，不去为别人挑错呢？难道我们所讨厌的人真的就那样可恨，难道我们所欣赏的人，就如此那般经不起名利与得失的考验？

是人都是有许多优点的，不管他是谁，他总有让我们敬重之处，总有他的独到之处，不管他曾经做过什么，现在做什么，他总有比我们自己略胜一筹的地方。

人非圣贤，每个人都有犯错的可能与机会，每个人在诱惑与仕途面前，总有些说不清楚的东西……

与其我们相互指责与埋怨，相互提防与揣摩，不如我们用宽广的视野去发现一个人的优点，用广博的胸襟去容忍别人的不足。这样自己没有心理负担，心情也是愉快的。在更多的时候，好多矛盾烦恼都是我们自找的，而不是我们与生俱来就如此忧郁，如此哀怨。

当我们面对别人的时候，不管是对手，还是我们眼中的“敌人”，走到最后我们依然是朋友。

注意观察的人会发现，失败者各不相同，成功者大抵相同。一个真正的成功者，决不仅是优秀，而应该是超越优秀的卓越，必须善于经营好你的长处，不断放大你的长处，因为长处只代表优秀，而放大的长处才是卓越。

生活中我们不难发现，优秀者很多，而卓越者却不多。只有经营好自己的长处，才能成为具有某一方面突出成就的人。大科学家爱因斯坦曾多次被邀担任以色列的总统，但他一次次地拒绝了。他说，我整个一生都在同客观物质打交道，因而既缺乏天生的才智，也缺乏经验来处理行政事务以及公正地对待他人的能力。事实上，他就是凭借着“同客观物质打交道”的特长，摘取了物理学的桂冠。

大文豪马克·吐温也是这样。他曾经经过商，做过打字机生意，开过出版公司，可结果亏了 30 万美元，赔光了稿费不说还欠了一屁股债。马克·吐温的妻子奥莉娅知道丈夫没有经商的本事，却有文学方面的天赋，便帮助他鼓起了勇气，振作精神重走创作之路。就这样，马克·吐温毅然舍弃了经商之短，很快摆脱了失败的痛苦，在文学创作上取得了辉煌的成绩。

试想，如果爱因斯坦从政，马克·吐温经商，他们就不可能成为科学界和文学界的卓越。

他们的成功，源于善于经营自己的长处。

有一位朋友，领导准备提拔他当科长，但他酷爱电子技术，毅然当了一名普通的技术员。去年底，他的一项技术革新被评为国家科技进步奖，入选了省级技术尖子人才库，成为令人羡慕的技术权威。

他的成功，源于他选择了自己的长处去发展，最终，长处放大到别人很难企及的高度。但是，在我们身边也有很多人，具有某一方面的特长或者天赋，但却没有成为某一方面的突出者。

究其原因，我们会发现，他们只是保持了自己的长处，却没能通过努力让自己的长处闪光，让自己的特长发扬光大，从而没能从优秀走向卓越。

要想成为一名真正出类拔萃的人，就要经营好自己的长处，不断放大自己的优点。美国总统林肯有一句名言，宝贝放错地方便是废物，天生一人当有一人之才。这个才能就是我们的长处，它蕴含着丰富的金矿。只要肯挖掘，永不停息的耕耘，就会收获到令自己都感到惊讶的宝藏。

成功者的生活实践告诉我们，只要找到自身的长处，并努力地、持续地将其放大，放大到超越他人的明显优势，我们离卓越也就不远了。

取长更得补短，而且还得经常作为。

取长补短不能是一时兴起而为之，也不是短处暴露而为之，而需要常抓不懈、持久努力，才能使自身缺陷从量变走向质变。要有补短克弱的紧迫感。“以人之长续其短，以人之厚被其薄”，才能不断进步，成就事业。

现代管理决策学中众所周知的“木桶理论”，盛水的多少取决于最短的那块木板，即我们通称的“短板”。日常工作中，要使自己多“盛水”，既不能满足于扬长避短用得恰到好处，也不能因为有所进步而沾沾自喜，对于自身的短板弱项必须如视针毡，想方设法予以克服和解决；要将之作为潜在的“毒素”隐患，存在一天就可能随时祸害一天，要迟早化解和消除；要有勤能补拙的信心，做好勤学苦练、全面提高的思想准备。

取长补短需要用博采众长的学习力。孔子云：“三人行，必有我师焉”，孔子亦云：“见贤思齐焉，见不贤而内自省也”，都说明了学习他人的主动性和必要性，取人之长，补己之短不是廉价的“拿来主义”，应始终秉持时时处处皆学问的学习心态，随时随地把所见所闻点滴记录，将所思所想收集整理。

要取书本理论之长，在历史总结的经验中汲取营养；要取西方外国之长，在拓宽视野学习借鉴中启迪；要取传统先进之长，在传承思想弘扬精华中感悟。还须知山外有山，人外有人，自己的长是相对的，要深学苦学，力求精益求精，短是显然的，要加倍努力，尽早缩短差距。

实践是检验真理的唯一标准，取长补短最终要成为我所用的常态化。学习只是一种掌握，要为我所用还需通过实践来深化转化。要在涉足不多的工作中印证。

取长补短成效如何，一经实践便知结果，特别是未知领域多表现出工作中自身经验缺乏、能力不足，更要敢于尝试，跨出第一步。要在承担急难险重任务中检验。重大任务活动因其困难多、标准高、压力大而最能衡量一个人的素质是否全面，通过参与让大家评判，给自己打分。要在遭遇失败挫折处改变。对失败不服输，对机遇不放弃，勇于在取长之后重头而来，积极在补短之余证明自己。只有这样，才能让人刮目相看，使自己完成人生一个质的跨越。

第四章 共 鸣

年华似水，有多少故事在轮回中化作春泥，有多少真情在冷暖中融入飞雪。那一念的心伤，那一颤的明媚，还有那些陪伴我们心灵相伴走过的日子，终是让流年盈香满怀？还是让岁月日益苍茫？

淡薄之念，岁月静好

端午节，一路驱车从黄山到上海，舟车劳顿。所经过的服务区粽叶飘香，所经过的河边鼓声阵阵，于是不自觉地想起屈原的辞，“嫋嫋兮秋风”、“青云衣兮白霓裳”、“举长矢兮射天狼”、“魂魄毅兮为鬼雄”……脑海所过，全是如彼曼妙，顿时忘记了舟车之苦。

有时候，灵魂的梳理原来可以如此寂静、欢喜。

人们在这个日子吃粽子，人们在这个日子赛龙舟，人们在这个日子插艾叶，人们在这个日子用自己的方式缅怀着屈原。

两千多年里，世事变幻，屈原的文字并没有被遗忘，如果你手边恰巧有一本记录他文字的书，请轻轻读起：

帝子降兮北渚，目眇眇兮愁予。
袅袅兮秋风，洞庭波兮木叶下。
登白薠兮骋望，与佳期兮夕张。
鸟何萃兮苹中，罾何为兮木上。

这是《湘夫人》的开篇，多么优美的文字。一位空山灵雨般缥缈又略带忧思的仙女降落在洞庭湖畔，身后秋风袅袅，似有凉意，黄叶纷飞，微波荡漾……如此佳人在水一方的景致，独屈原能信手拈来。

难怪连大文豪苏东坡都说："吾文终生企慕而不能及万一者，唯屈子一人耳。"

《文心雕龙·骚辨》中有说："其衣被词人，非一代也。故才高者菀其鸿裁，中巧者猎其艳辞，吟讽者衔其山川，童蒙者拾其香草。"

才高者，可以感受他鸿篇巨制的行文；心灵者，可以品味他华美的词句；吟诗的人，可以陶醉他对山川的描述；连小孩儿都可从他的文章中闻到花香。如此赞誉，能有几个古人可得！

2293 年前，屈原抱石投江，那之后的几千年，人们都在叹息中缅怀这个伟大的思想者。

后人这样描述屈原：文学家、政治家、诗人……

后人这样缅怀屈原：敢于与封建社会抗争的英雄；伟大的爱国诗人；中国文学史的奠基者……

我这样理解屈原："路漫漫其修远，吾将上下而求索"，他是一个思想者。

我这样评述屈原："举世皆浊我独清，众人皆醉我独醒"，他有一身傲然正气，更有悲天悯人的慈悲。

在 2016 年端午时节，我将车停在高速路上的服务区，车外，人声鼎沸，而我，坐在车里逐字逐句地写着对屈原的纪念。窗外，远处一条不知名的河中，有龙舟疾驰。

如今，屈原先生已经远去，人们在追求舒适的生活之时，似乎已经渐渐淡忘这个在历史上书写过辉煌的伟人。

如果，你此时恰恰身在江边，请和我一起默默读起屈原的文字吧！毕竟，在他之后的几千年里，他的文字从未被国学所忘记。

海德威尔说过："人应当诗意地栖居"，这诗意二字虽不是来的那般沉重，可又岂是那天边的浮云，绝非任谁都能信手拈来。

诗意是什么？是晨曦天际一抹烟霞，是夕阳小路流水人家，是静夜西窗隔帘听雨，是风中枯荷断桥残雪，是梅雨时节杏花点点。诗意是屋檐下的风铃弹奏着云水禅心，诗意还是站在山巅看流走的朵朵浮云。

只有豁达淡定的人，才会有如此体会，因为那心就有如柔软的青荇，在水底妖艳地伸张照耀。让心底永驻浪漫，用诗词歌赋、花香鸟语、书卷香茗，来点缀美丽人生。无论贫困还是富有，我们都可以诗意地生活，而诗意更多的是一种心情，是邂逅一件能让人拥有情绪的小事儿。

这是一个出奇热的夏天，我生活的城市在南方一个青翠连波的地方。那里有文化赋予的庄重，有自然垂爱的灵气。

我喜欢坐在木椅上，为自己泡一杯毛峰，细闻清香。看着院墙上爬满的三角梅，开出花朵伸向远方。若得恰逢其时的悠闲，随意吟咏一首古诗，耳畔仿佛又是千百年前的心境，那悠悠古风，像一朵悠然的莲花，开在心上，长在心底，吸日月之精华，去世俗之糟粕，沉淀出一派宁静致远的心境。

身在喧嚣的都市，心留微小的喜悦和感动，这就是我喜欢的生活。

我喜欢在细雨的夜晚独坐新安江旁，看雨水打碎水中的灯影，泛起层层涟漪，渐次扩散开去，然后静静听着微风拂面，心生凉爽。

我喜欢看着行人信步在雨后的小街，脚尖敛起些许水花，若有小楼独倚，但看远去的行人，在"落日成夕凉，开轩卧闲敞"中心生悠远。

生活给了我们酸甜苦辣，每一种心情都需要我们用心去读懂，去感受，去品味。生命是自己的画板，你需要的是自己着色。

我们的内心，都有一片天空可以由你我去描绘：春天的绿意萌动、夏天的骄阳高傲、秋天的硕果累累、冬日的天高云淡……

我们，可以对自己的生活说着无限的美好。

经过了岁月的洗礼后，慢慢懂得了淡薄是人生最浓的色彩。在喧嚣中，独守一片心情，在浓郁中，默念一份平淡，正如花开花落的悠闲，正如冬去春来的自然，因为我们知道，花落还会开，因为我们知道，春去还会来。

在我的生活中，我享受着这种淡泊的诗意。我宁愿这淡泊始终是我人生的境界，被我拥有着；我宁愿这种诗意生活始终是我的生活态度，被演绎着；我宁愿这种淡雅的状态成为心宽境自远的一种胸怀，被我始终保持着。

我相信，因为有了这种月白风清的淡定，也才有了人淡如菊的从容；因为，有了这种天高云远的潇洒，也才有了流水潺潺的心情。

我们选择不了生命，但我们可以选择走过生命的方式。

做人要几分淡泊，清风细雨，同样有韵致，有诗意。不刻意，不虚伪，没有万卷诗书的熏陶，但是有简单岁月的朴素；

做事要几分从容，俯仰之间，依然洒脱，依然随意。没有历练沧桑后的成熟，但是有宠辱不惊的坦然。

有两个画家赌画，以“静”为题。

甲画家笔下的画卷是一片碧绿的湖水伸延开来，岸边的杨柳倒映在清澈的湖中，波澜不惊，静如止水。

乙画家的画中，瀑布的水流冲击陡峭的岩石，半山腰上一棵矮松牢牢扎根在岩石之中，树梢上有一个凌空悬挂着的鸟窝，母鸟和她的孩子们正在安详入睡。

二人各有千秋，争执不下，于是找到一个大师，以求高下。

大师看完二人的画，浅笑而言："我也画一幅，请你们指点。"

少卿，大师将一张白纸交给两个画家。两位画家沉思片刻，各自别去。

什么是"静"？不是长短之争，而是心无旁骛。

"非淡泊无以明志，非宁静无以致远"。淡泊中，我得到了更多思索，宁静中，我获取了生活的积淀。

岁月更迭，物是人非。

人生如花草树木，枯荣无常，性命如流星般短暂，岁月如刀剑般无情。当初，窗外的田园风光，已被钢筋水泥构筑的楼房、车水马龙喧嚣的闹市所代替。

习惯了拥嚷的城市，灰飞灯走，匆忙的脚步无时不与面无表情的冷漠交相辉映。不期然，却贪慕如若那般——闲云野鹤、小桥流水、夕阳西下、晓风拢月、松山泉间禅意一片。

我追寻宁静的思绪，淡泊的意境。闭目间，蓝色的天空下开着淡紫的小花，枝叶间绿意浸染，心自悠悠。沉思间，时间搁浅，内心的小花独自盛开，色彩斑斓，美丽而愉悦。

生活中，能看淡世事无常，静观花开花落，凡事心静如水，便到达了一种境界。这样的心境，需要在淡泊中慢慢得以升华。

诚然，这个物欲横流的时代向人们展示了太多的诱惑，在各自的追求中，我们忘记了：风霜雨雪是天经地义，喜怒哀乐乃人之常情。

在诗画中放逐自我，在宁静中寻找自我，正如邓拓自题于书房楹联上写的一样：春风大雅能容物，秋水文章不染尘。

我坚信文化是精神的翅膀，正如我和我的公司也正在致力于文化的推广，精神的提升。我觉得，做这样的事情是一种由衷的快乐，于心的宽慰。

漫随天外云卷云舒

八大山人朱耷有一幅关于鱼的画，寥寥数笔，只是几条线条而已，但是一条生动的鱼跃然于纸上，仿佛随时都会游走。

那画卷之上，大幅留白，空旷却充满生机。没有着墨之处，似是一汪清泉，小鱼随意游弋，好不自在。

留白，是一门艺术。

恰到好处，暗香浮动。

绘画中有“计黑当白”，音乐里有弦外之音，诗文内有意在言外，如佛陀拈花一笑。人生不能挤得太满，当于无字处看书，于无声处听音，于无画处观景，于无心处参禅。得此意蕴深远，生命更加鲜活。

人生贵在留白，能留白和会留白，是胸襟、气度、智慧、境界，更是一种从容、淡然的生活方式。

汉武帝的宠妃李夫人有倾国倾城之美，却因病痛的折磨逐渐花容失色，眉梢眼角之处，也失去了千娇百媚之态。即将香消玉殒之时，她将自己藏了起来。而汉武帝心中李夫人的容貌，挥之不去，忘之不及。

生命需要留白。

人生如白驹过隙，烦恼不过一杯，快乐不过一盏。该走的人，留不住；该来的事，挡不住。很多事情，不管你怎样努力去获得膨胀的欲望，总有不及，总有限度。适当的时候，给自己的心放个长假，让自己肆意轻松、自在的享受生命中的一些日子。

水满则溢，月盈则亏。未必所有的思念都要化作相见，未必所有的前进都为到达终点。给自己一段美丽的留白，让生命在一朵花上畅快的喘息，将自己从急功近利的疲惫奔跑中解脱出来。而我们可以在留出的这片空白中种上怀念、期待与希望。

保持一颗清净之心，在纷扰红尘里淡定的做你自己，无关名誉、权利、金钱、利益，你只做褪去一切伪装的自己，清雅自知，不需要活给别人看，不需要让别人看你的风光而背后满满的辛酸和泪水。不为物喜，不以己悲，褪去浮躁，是坦然的境界。

苏东坡在瓜州任职时，和一江之隔的金山寺住持佛印祥师成为朋友，两人经常谈禅论道。

一日，东坡居士自诩修持有得，即撰诗一道：稽首天中天，毫光照大千,八风吹不动，端坐紫金莲。

诗成后遣书童过江，送给佛印禅师品赏，禅师看后，拿笔批了两个字，即叫书童带回。

苏东坡以为祥师一定是对自己的禅境大表赞赏，急忙打开，一看只见上面写着两个字：放屁！

这下东坡居士真是又惊又怒，即刻乘船过江找佛印理论。

船至金山寺，禅师早已在江边等候，苏东坡一见到佛印立即怒气冲冲地说：“佛印，我们是知交道友，你即使不认同我的修行、我的诗，也不能骂人啊！”

禅师大笑说：“咦，你不是说‘八风吹不动’吗，怎么一个‘屁’字，就让你过江来了？”

苏东坡听后恍然而悟，惭愧不已。

这就是“八风吹不动，一屁过江来”的故事。

生活需要留白。

宠辱不惊，闲看庭前花开花谢；去留无意，漫随天外云卷云舒。删繁从简，粗茶淡饭，享受简单的幸福。适当独处，适当静坐，痛快工作，安静休闲。把心放平，把心放宽，诗意地栖居。闲暇时静对一朵花、一棵树、一片云、一江水，让自己与身边的自然融为一体，感受心灵的自由。

身在凡尘，必然有着这样那样的欲望，无止亦无休。适当减少欲望，简单而坦然，给自己每天紧张的心一个空间，让灵魂清风朗月，让心念海阔天空。弱水三千，只取一瓢；森林一片，独爱一颗。轻松地活着，是从容的境界。

爱情需要留白。

在感情的世界里，不要妄图把你自己填满别人的生活，每个人有自己生活的圈子，你必须给对方留白，你才能让一个个为爱而生的灵魂呼吸自如，才会让爱得到充足的阳光和雨露的滋养。否则，抓不住的沙，漏掉的会更多！

爱是执子之手，与子偕老。你若爱一个人，隔着山隔着水远远地欣赏着总是最美的，如此这般，就够了。爱，太浓太烈则难长久；太淡，则没有意义。爱情，可以是一朵半开半放的花，保持着适当的距离，却有着灵犀一点的微妙。

友情需要留白。

朋友是在互相信任、互相熟知对方的优缺点上才不断建立起来的感情。因为彼此信任，才会走得越来越近，但是也会因为彼此太过于熟悉，对对方的缺点了如指掌，从而滋生些许的疲倦。而这个时候，留白是一定要做到的。再好的朋友，必须给别人留下空间，不要试图走入对方的私人领地，哪怕你走进，也要适当删除不该留存的记忆。否则，只能落得做不成朋友的结局。

君子之交淡如水。哪怕彼此久未联系，却一直深藏心底，即使相隔多年，却依旧不会疏离。轻轻一声问候，便有了会心的温暖。距离是朋友的氧气，己所不欲，勿施于人。与朋友交往，应该有各自的空间，有自己的底线，能够天各一方，亦能拔刀相助。

亲情需要留白。

给孩子一点独立的时间，让他们与朋友玩耍；给父母一点自由的空间，让他们适当独处。有时要远远望着，有时要默默关注。尴尬的事别揭穿，钱财的事别看重，谁对谁错并不重要。发火时悄悄走开，争论时淡然一笑，亲人永远是自己最宝贵的财富。即使血浓于水，太近，则伤。

家人之间也适当留白，是对彼此的信任、是让对方活得轻松的根本。风筝需要有着微风的天空，适度的留白，可以让生活变得深情之外不减激情，信任有余温情又加，如同风筝，那根有距离的线，才是你手心里的爱。

千年的历史积淀的中华文明中，留白的艺术使得海纳百川，有容乃大。“如烟往事俱忘却，心底无私天地宽”。廉颇侮辱蔺相如，但蔺相如的包容反而使两人成为刎颈之交。蔺相如给廉颇的行为留一份空白，使廉颇感悟的同时也给自己留下了退一步海阔天空的余地。

马远《寒江独钓图》中，一叶小舟，一个渔翁，却没有一丝水。而观者无不感觉烟波浩渺、水岸长河。如此以无胜有的留白，却尽显韵味。

留白不是懈怠，也不是偷懒，恰恰相反，它是一种自我丰富、自我完善的境界。人生如一张画纸，寥寥数笔丹青于白宣之上，有无之间，得失之伴。

留白是一种享受，它让我们舒缓身心，收获安适。龙应台说：“人生的跑道上，有人在五千米赛跑，有人在百米冲刺，而你却在清晨散步，你会害怕自己被淘汰了吗？”给人生留白，停下忙碌的脚步，赏花看月间，心境会变得平和安适，这份豁达是一味塞满欲望、忙忙碌碌的心无法体会的。

留白是一种处事的智慧，是一种淡定的对待生活的态度，是一种优雅的方式。适度的留白，可以在生活的不同方面显现出运筹帷幄的能力。懂得留白，才会风雨不惊、成竹于胸。学会留白，才能活的无忧无虑、安然自在。

凡尘俗世里，学会有林清玄的闲情逸趣，一山一水皆灵性；学会白落梅的诗话禅意，一花一叶皆是禅。如此生活，才会让自己与浮躁中偷得片刻的心安，于寂寞中，守得云开见月明。

音乐，要留白，一段曼妙旋律之后的休止，余音绕梁，回味无穷。

舞蹈，要留白，一些细节的回避，让人神思，寻找高雅。

无论是作为艺术家永葆作品活力的技巧，还是哲学家大彻大悟的人生感悟，只要留白得当，自然得天地精华的恰当。

林语堂说：“看到秋天的云彩，原来生命别太拥挤，得空点。”川端康成叹息：“这世界太拥塞了。”只是，我们要想做到留白，需要长期的历练，需要淡定的胸怀。需要潜心经营，不断地汲取有机的营养，时时保持从容不迫的心境，处处提防半桶水晃荡的浮躁，事事避免得理不让人的嚣张。

于选择中，做最重要的事；于坦荡中，感恩生命中的人。

人生的留白既是刻意的，就绝非无物可放的空白。它并非愚者的迟钝，也不是技穷者的无奈，而是博大精深者的含蓄，大彻大悟者的谦恭，画龙点睛的巧妙。

留白人生，恰似起于青萍之末的清风，温温凉凉，沁入每个毛孔。纵是在如此夏日，也会没来由地感受到于心的清凉。

经营留白的人生，会感受新茶般的惬意，感受微微淡淡、宛若游丝的幽香，恰如恬淡自如、从容不迫的欢喜。

生命中的留白是一种境界，而要达到这种境界，要让心灵在一块净土上张弛有度地自由吟唱。把酒黄昏后，独自登高楼，看金乌东升西落，看庭前花开花谢，简洁、明了，自由无羁。宛若一方空白的印章，给生命烙上“我”的印迹，让自己做自己生命的主人。

如果不能放下心中的包袱，又怎能承受生命之重呢？

留白是一种智慧，也是一种境界，更是人生的态度。

给自己、给他人、给生命、给心灵留下该有的空白吧，如此，才会懂得生命的意义，才能理解于无言处生成的精彩。

纵使风烛残年，晾晒回忆，有空白处镌刻了诸多美丽，合目而去之时，我们可以轻轻呢喃，“漫随天外云卷云舒”。

似水流年

学生时代，有一个精致本子，上面有同学们互相写着的一些个人爱好、人生格言以及祝福语，记得“人生目标”一栏，我写的是“追求内心的平静”。

多年后回想起来，那时候的我大约并不知道什么是“内心的平静”。

转眼经过了很多年，也经过了许多事，多少回忆都渐渐远去，童年的稚嫩也早已褪去，如今镜子中的人，脸上带着笑容，眼中藏着疲惫。这个时代喧嚣了许多，在多数人眼里，内心的平静堪比一件得不到的奢侈品。

这些年，这些事，当我们在不同的生命状态中感受不同的生活形态时，一些过往，总会被岁月积淀，在心里筑成一座铭碑，不会淡忘，不会模糊。

有些人选择静静回味，默默感受；有些人选择茶酒相向，暗藏于心。

而我选择用文字的方式一点点堆积，或许老去的某一天，我可以翻看这些过往，一幕幕的回忆，一章章的品读。

早上，在雨声滴答中起床，突然意识到今天是六一，一个孩子们的节日。

曾几何时，这也是我一年中最重要的几个日子之一。这么多年过去了，突然发现，原来这个节日离我越来越遥远，不曾忘记，却总是少有想起。

童年，在树荫下。

院子里的一树枝丫便是遮阳伞，在伞下我把一块块小石子不厌其烦的扔向远方。累了，就靠着树打个盹。父母回来时，会叫醒在树下睡着的我，于是我总会看见他们眼里的笑容。

童年，在小河里。

屋后，一条小河，河水不深不浅，清澈见底。有事没事总和姐姐一起淌着河水，尽管踩在鹅卵石上的脚丫生疼，心里却充满欢快。若逢下雨，静静地听着雨水洒在河中，噼啪一片，渐渐的悄然睡去。

童年，在院子里。

盛夏，大人们在一旁谈笑风生。似懂非懂地听着，似梦非梦的憧憬着。铺一张凉席，仰面而卧，看静悄悄的夜空繁星如炽，听小河中蛙声一片。

童年，在田野里。

过墙一阵海棠风，隔帘几处梨花雪。只是那时，不懂得意境。不懂得田野为什么一望无际，不懂得城市为什么那么很远，不懂得梨花带雪时，妈妈的喜悦。但是我懂得麦浪翻滚时，天边会有火烧云的景色。

童年，在梦里。

我会在门前坐着，在落叶的秋天里，傻傻地看着那一片片描金的叶子漫天飞舞，那时的梦是金黄色的。那梦里，有长大的我，有汽车、飞机、棒棒糖和妈妈的笑容以及爸爸的夸奖。

童年，还在记忆深处。它就在那里，从来都毋庸刻意想起，但又永远也不会忘记。

远去的童年，就像被吃掉的那颗棉花糖，软软的、甜甜的。当我们正在回味时，突然发现那味道在不知不觉中已经随风飘散。来与自然，归与自然，变成了一本珍贵的“剪辑”。那曾经的纯真岁月，只能游走在照片里，在感伤中去追忆。童年，那段只有欢声笑语的日子，隐藏着多少人的梦，然而，我们终究是回不去了。

看过一本书——《生命安宁》，书中的文字总能多多少少戳中生活中的困惑。

大约是人们对于所拥有的总是习惯和适应地太快，然后陷入新一轮的乏味和倦怠中去。

一个人之所以觉得不幸福，很大程度上是因为不知足，努力得到想要的东西之后，就会失去对所渴望事物的兴趣，觉得生活乏味，又形成新的欲望。在逐渐成长中，在逐渐获得中，也在逐渐老去中。

现实中并不存在一个幸福的分水岭。买了新衣服又很快厌倦，想考上理想的学校，又想找到好的工作，得到梦想的工作之后，没过多久就会抱怨薪酬和人际关系……

我们，都是在这一过程中一路走来，告别年少无知，拥抱世故。

幸福，我总认为这个词汇是和“童年”捆绑在一起的。幸福的关键是阻止适应的过程，要“劝服自己想要已经拥有的东西”。反观现在一脸沧桑的我们，拥有的越来越多，可是获得感却越来越少。

因为我们长大了，因为我们要的幸福和童年拥有的幸福已经彻底改变。

尽管世界很大，时光飞逝的很快，在心灵的一角始终珍藏着童年对幸福的感知，可以放心、大胆地享受生活，始终是那么自由自在，永远是那样无所牵绊！

远去的童年，如同窗外盛开的不知名的小花，淡淡的颜色，浅浅地摇曳，不管距离多远，闭着眼睛细心捕捉，都可以嗅到它的芳香。童年，在成败荣辱的人生里程中，永远是最亮丽的一道风景。

童年，像是断线了的风筝，飘啊飘啊，早已飘得无影无踪。只余下一代又一代人的回忆，一代又一代人的缅怀。我的童年，它已然留在了20世纪80年代的风驰电掣里，留在了20世纪80年代的行云流水里。

小时候，每逢“六一”，妈妈总会做些好吃的给我。我在幸福中快乐着，那时候，快乐很简单，也很容易获得。

曾经孩童时的懵懂现在已经是领悟，曾经孩童时的幻想现在已经是沧桑。看着远去的时间，以及逐渐苍老的记忆，我发现，一切正如白云苍狗。

一直以为简单的幸福在岁月中褪色之前，总有的是时间去寻找。却在如今发现幸福也是一个由简单向复杂生长的过程，随着时间的积累，越来越难以把握。于是我们总是这样安慰自己：拥有过，就是幸福。

成长是必然的生命进程，我只得在成长中慢慢学会为人处世，学会承担责任。往事如烟而逝，只有在心里慢慢回忆，虽然不依不舍，但那毕竟是过去。唯愿能做到微笑着无悔地告别青涩，把无忧无虑的岁月深藏心底！记住那些曾经的欢笑，偶尔回味，这就足够了。

可是，不要丢弃那颗童真的心！

虽然这个节日早已经跟我没有关系，但是每年到这一天我的心情还是会跟曾经儿时一样开心。因为我希望自己永远都像孩子一样天真，拥有浅浅的快乐，深深的幸福。

某种角度而言，我们拥有的一切都是从命运那里借来的，没人知道什么时候命运就会把它们夺走。一朵花开、一次微雨、一场秋凉、一声问候以及一刻笑容……这一切再寻常不过的事情如果不能再重复下去时，生命就进入了告别的时刻。

每多一次经历，都该值得喜悦。

生活里，一直是不停地忙碌，不停地追逐，有限的一点点闲暇时间，我会一个人静坐在一个角落，看看书或者发发呆，不去理会电话铃声的急促，也不去关注天下的熙熙攘攘。给自己一个空间，给自己一些文字，看着窗外滚滚的新安江水，恬静而充实。

2011 年 11 月 15 日，女儿瀚琳来到了我的生命中。那时起，我意识到在她的成长过程中，我将再次与她一起感受“六一”的快乐。相同的是，我们都很快乐。不同的是，她因为这个节日而快乐，我因为陪伴于她身边看着她的快乐而快乐。

她一天一天长大，我总是在她的成长中发现远去的童年被一次次唤醒、一次次触摸。于是我总是像天下所有家长一样，希望多多给予她些什么，能够安抚因工作而忽略了的陪伴她的时间。纵使我心里非常清楚，她需要的更多是陪伴。

多么无奈的现实！我们多少父母都愿意将一生奉献给孩子，却又因为这些“更多的奉献”而不得不面对生活的压力。

那么，如果你同我一样，没有更多的陪伴，请你记得，多给你的孩子一些精神上的滋养、多给孩子一些你对人生的感悟，这是任何物质也无法替代的。

如古人所说，做人如水。

做人如水，你高，我退去，不淹没你的优点；你低，我涌来，不暴露你的缺陷；你动，我随行，不撇下你的孤单；你静，我相守，不打扰你的安宁……从善如流，随心而安，又随心而动。古人，多么睿智啊！

是的，我更喜欢生活中这样的时刻。

这个时刻里，我感到幸福，恬淡、静雅。

曾经是孩子的我们，如今已经是孩子的父母；曾经需要被呵护的我们，如今要把更多呵护倾注到我们的孩子身上。远离的只是时间，无法被时间掩盖的，是我们对孩子的爱，对家庭的责任和对自己的坚持。

做人如水，有一泻千里之轻妙，有川流不息之勇敢，有海纳百川的气度，更有清澈的慈爱柔情。唯愿我们都能柔而随境而生，韧而万斩不断，容爱担责，动静相宜。

唯愿我们都有快乐奔腾，有家人随行。

一念生般若

听过一个故事：

一个警察下班带着枪回了家，随手把枪放在茶几上后照例去厨房做饭，他的妻子觉得新奇，拿起枪来玩儿，然后，枪声响起，妻子倒下了。

那警察抱着妻子跑到医院，但还是没有抢救过来。

后来鉴于这个警察平时表现优秀，公安局只是对他进行了批评和处罚。

一切看起来很合理，但是那妻子的妹妹却始终不相信这是一个意外，她只有一个理由——为什么姐夫那天没有换鞋。可是她没有告诉任何人，只是在一点点寻找证据。

这个警察的岳父岳母本来就非常喜欢自己的女婿，看着自己的小女儿似乎对这个女婿也很是在意，于是和家族的人一起合计，决定把小女儿嫁给他。

婚后，他们一起生活的日子平淡而宁静，大家似乎都在刻意回避当年的伤痛，对过往只字不提。很快，他们有了自己的孩子，一家人看似生活得很幸福。

转眼孩子三岁了，一天妹妹不经意间问起那次意外，那警察说，过去的事情就过去吧，不要再提了。

又过去了一年，孩子四岁的时候，妹妹再次问起这个问题，当然，依然没有任何答案。

就这样过去了十多年，终于那个警察在一次喝醉的情况承认是他杀了姐姐，原因是那个姐姐从来不顾家。

于是，妹妹拿着录音来到公安局……

最终那个警察接受了法律的制裁。

这是一个很久很久以前的故事了，今天讲起这个故事的时候，我依然能感受到第一次听这个故事时的震惊。

不是因为那警察的残忍，而是因为那个妹妹复仇的心态。

是怎样的仇恨，能让她耗费 10 年的青春，天天怀着刻骨仇恨和自己的敌人生活在一起，压抑自己的情感，以换取对手的信任。这需要何等隐忍勇气？又会造就何等畸形的人生？

这个复仇的故事对比基度山伯爵的故事没有更多的曲折，只有故事主角十数年来从未平息的仇恨。可怕的就是这十数年来，妹妹生活中那个曾经的姐夫、现在的丈夫以及孩子父亲的身份都只是一个复仇的目标。

诚然，就是妹妹的这份仇恨最终维护了法律的尊严，可是那背后的代价实在让人唏嘘，婚姻、孩子都只是她复仇的工具，是否曾经进入过她的内心？

难以想象。

水手唐泰斯遭到了他的情敌费尔南和他的朋友卡德鲁斯的陷害，被关入监狱。在狱中，唐泰斯结识了难友法利亚长老。心灰意冷的唐泰斯对法利亚长老说："我开始什么都怀疑了，除了仇恨本身。"

在法利亚长老的帮助下，唐泰斯通过耗尽心血挖通的地道得以逃脱，并历尽艰险来到了海盗藏满财宝的基度山岛。

故事一路进展，唐泰斯获得财宝后化身基度山伯爵返回尘世，开始了他的复仇计划。

基度山伯爵刻意结交了阿尔贝，因为阿尔贝的父亲就是陷害他的情敌费尔南。由于岁月的沧桑，费尔南没有怀疑基度山伯爵的真实身份，但是，费尔南的妻子梅塞戴斯却一眼就认出了唐泰斯，毕竟，他们曾经那么深的相爱过。

基度山伯爵："我觉得我疯了！还在相信你、期待你！"

梅塞戴斯："你能不能不再期待呢？"

基度山伯爵："不能。"

梅塞戴斯："那么命运会回答你的。"

在梅塞戴斯和基度山伯爵的对话中，充满了爱、期待、仇恨和执着。

命运正如梅塞戴斯所言，随着费尔南和卡德鲁斯的死亡，基度山伯爵完美复仇。

作为儿子的阿尔贝却被点燃了复仇之火，因为自己最信任的朋友杀了他父亲，这种仇恨并不亚于当年被陷害的基度山伯爵。

于是阿尔贝要求与基度山伯爵决斗。

在决斗的前一天，梅塞戴斯找到基度山伯爵替自己的儿子求情。面对梅塞戴斯，基度山伯爵说出了书中最为痛心的一段话：

你真以为我会杀死你的儿子吗？杀死一个勇敢的、一时冲动的孩子，在你的痛苦之上再增加痛苦吗？看来你从来没有爱过我，因为你太不了解我了。你绝不会失去你现在唯一的亲人，也不会失去他对你的尊敬。明天，我会听凭一颗子弹结束我的生命，这生命曾充满了对你的思念……

看来你从来没有爱过我！

多么绝望而痛苦的发现。

梅塞戴斯将实情告诉了儿子，阿尔贝最终放弃决斗。

拒绝了昔日爱人的挽留，基度山伯爵在临行前对梅塞戴斯说："我不该去破坏你已经得到的幸福。我的复仇是多么愚蠢、多么疯狂、多么狂妄！原本应该是我来寻求你的宽恕啊。这次走的，只是基度山伯爵，我必须让这个人物永远消失，好让另一个善良的人能回来，那个人只有你才认识，那时，什么也不能让我们分开。"

于是，基度山伯爵离开了梅塞戴斯，离开了阿尔贝，也离开了大仲马这个《基度山伯爵》的故事。

时隔多年之后，我才明白复仇没有想象中那么痛快。恶，有时让善无路可走；善，有时会与恶同归于尽。

不管哪种，都是悲剧。

一个人最傻的行为是，因为别人的伤害而抛弃了自己的善良，为了报复而沦为"恶"的工具，甘愿被"恶"所操控。

不要因为环境或他人的逼迫、糟蹋而改变了我们信奉的原则或本性，更别因此改变我们素来对待同事与朋友的态度。做坏事的人自然有他自己的"恶"要承担，但如果我们因为他人的"恶"而改变自己，不过是替自己的"恶"找个借口，找个抛弃善良的机会，最后在没有罪恶感的自我意识中变身成另外一个"恶"。

有人给我们现在生活的这个环境取了一个"利益至上"的名字，利益一不小心就成了首要因素，于是人们趋之若鹜，奔赴主题。

于是，"善良"的意义在人们眼里越来越陌生了。

再于是，我们经常可以听到"不差钱"的显摆，却从未听过"除了善良，我缺少太多太多"的自律。

如果你让哪一个人率先释放善良，他会反问：我会看见别人的善良吗？仰仗别人的善良得以苟活，多么可怜。但更怕的是，当有人以圣人的姿态播施善良时，会受到“他在造势”的讥讽，这更加可悲。

如果将善良与邪恶比喻成两朵花的话，好看的一定是那邪恶之花。

善良的花朵没有姹紫嫣红的娇艳，只有朴素的淡雅。它生长缓慢，有时，甚至没有果实。

而邪恶的那朵花却非常绚烂，五颜六色，形态各异。它可以迅速生长，花瓣妖娆，果实鲜艳。比如罂粟花。

大约，这就是为什么人们更容易靠近邪恶的原因。

《孟子》有云：人性之善也，犹水之就下也，人无有不善，水无有不下。这就是说，人生性善良，就像水一样，自然会向低处流。

孟子将此称为“良知、良能”。《三字经》开篇“人之初，性本善”，就是承袭了孟子的这一思想而来。

偏偏荀子爱抬杠，他曾经专门撰文反对孟子这一观点：“孟子曰：‘人之性善。’曰：是不然！凡古今天下之所谓善者，正理平治也；所谓恶者，偏险悖乱也。是善恶之分也已。今诚以人之性固正理平治邪？则有恶用圣王，恶用礼义矣哉！”

不得不说，这一批驳的逻辑很有力量，如果人性本善，还有圣明君主什么事儿，又哪里还需要讲求什么礼义？

对于善良，荀子认为：“凡人之欲为善者，为性恶也。夫薄愿厚，恶愿美，狭愿广，贫愿富，贱愿贵，苟无之中者，必求于外；故富而不愿财，贵而不愿势，苟有之中者，必不及于外。用此观之，人之欲为善者，为性恶也。”

因为穷，所以想发财；因为丑，所以要漂亮；因为是屌丝，所以渴望秒变高富帅；因为天性恶，所以崇仰善。人天生向往自己没有的东西，如果有，反倒不会再稀罕，所以人想要行善的行为，正好证明其性本恶。

大约人性之初的善与恶是个比较庞大而繁复的研究，所以善恶论自古就有多方的声音。比如告子，他认为人性无善亦无恶，唯食色二字，所谓“食色，性也”因此而来。

西汉杨雄则相信“人之性也，善恶混。修其善则为善人，修其恶则为恶人”。善欤恶欤，不在普遍的人性本身，只在于你自己的抉择。

如佛家所说：一念愚即般若绝，一念智即般若生。

缘分，那场盛大的相遇

《金刚经》中一句名偈：一切有为法，如梦幻泡影，如露亦如电，应作如是观。

万般事物都是生灭无常的，一切有为法，皆是因缘而生，不是无因自生。万物皆因缘而生，因缘而聚，又因缘而灭，因缘而散，缘起缘灭，万般不由人，冥冥中自有定数。

什么是缘分？有人问隐士。隐士想了一会说：缘是命，命是缘。此人听的糊涂，去问高僧。高僧说：缘是前生的修炼。

这人不解自己的前生如何，就问佛祖。佛不语，用手指天边的云。这人看去，云起云落，随风东西，于是顿悟：缘是不可求的，缘如风，风不定。云聚是缘，云散也是缘。

一路走来，人生旅程中有着各种擦肩而过，正如一路风景。一程程山水中，深藏着多少美好的相遇相知，一段段记忆也只能在尘烟浮世中慢慢淡化，甚至不为人知。

四季更替，繁花若梦，转瞬即逝。旖旎风景不会因你的行程而为你一人停留，我们所做的只有懂得珍藏，珍藏在记忆深处。

据《东坡词》所载：惠州有温都监女，颇有色。年十六，不肯嫁人。闻坡至，甚喜。每夜闻坡讽咏，则徘徊窗下，坡觉而推窗，则其女逾墙而去。坡从而物色之曰：“当呼王郎，与之子为姻”。未几，而坡过海，女遂卒，葬于沙滩侧。坡回惠，为赋此词。

这是一个哀伤的故事。

苏轼曾在惠州的定惠院小住，每当他深夜吟诗时，总有一位美女在窗外徘徊。可每当苏轼推窗寻找时，那美女却经翻墙而去。苏轼觉得美女很是可爱，就撮合好朋友王郎之子与她为姻。苏轼离开惠州后，这个女子郁郁而亡，遗体埋葬在沙洲之畔。

当苏轼回到惠州，只见黄土一堆，个中幽愤之情可想而知。于是，苏轼为了纪念那女子就赋了这篇著名的《卜算子》：

缺月挂疏桐，漏断人初静。
谁见幽人独往来？缥缈孤鸿影。
惊起却回头，有恨无人省。
拣尽寒枝不肯栖，寂寞沙洲冷。

多么美的相遇，多么忧伤的别离。

襁褓降世遇见母亲，成长阶段遇见老师，懵懂时期遇见爱人。遇见了困难，遇见了磨难，遇见了幸福，遇见了春光灿烂……

一抹云遇见一缕风，一株花遇见一枚叶，一束光遇见渴求明媚的你……

这些，都是人生中难得的遇见，也都是人生种种美好的遇见。

不管是哪种遇见，好的抑或坏的，都是注定你要经历的。好的遇见是生活中的风轻云淡，坏的遇见是生活中的勇往直前。

只因缘而遇，因缘而聚。珍藏这些人生经历，待到垂暮之时，开启心底弥足珍贵的回忆。相信这些美好，足够暖暖一笑。

年华似水，有多少故事在轮回中化作春泥，有多少真情在冷暖中融入飞雪。那一念的心伤，那一颤的明媚，还有那些陪伴我们心灵相伴走过的日子，终是让流年盈香满怀？还是让岁月日益苍茫？

就像有些话，说与不说，彼此都懂。就像有些人，来与不来，都在心中。

缘分是夙愿所使，即便天南海北，即便天涯海角，缘分就是一场盛大的相遇，千万众生中只为寻你灯火阑珊处的身影。即便千辛万苦，踏破高山之巅，望尽天涯之路，直至那一刻的怦然一动。

我们常说，认识一个人靠缘分，了解一个人靠耐心，处好一个人靠包容。该放弃的决不挽留，该珍惜的那决不放手。有些事，别问别人为什么，多问自己凭什么，也别做太多自己不想做的事，而只顾及别人的感受，却委屈了自己，放弃该放弃的，抓住该抓住的。

财富不是一生的朋友，而朋友有时则是一生的财富。人人都希望多些真心实意的朋友。可是，朋友不在多而在精，所谓人生得一知已足以。

一个好的心态，做人拿得起，做事也放得下。惜缘、随缘、善缘，虽然鱼和熊掌不能兼得，有时的付出也不一定能得到回报。但自己要想明白一些，几十年的人生，活的就是一种心情。

穷富也好，得失也好，成败也好，都如云烟，风吹即散。人生，要处之坦然，失之淡然。成不骄，败不馁，不仰望别人的辉煌，不羡慕别人的光芒，把握最真实的自己，日子就是快乐的，生活就是真实的。

子期为伯牙而生，伯牙又为子期而弹。

伯牙抚琴时，子期曰：此巍峨之高山；子牙又奏时，子期曰：此波澜之阔海。相遇相知，心有灵犀。

后子期故，伯牙绝弦，缘自此灭。

缘在人在，缘灭人空。

倘若子期多添尘世之寿，让世间这美好的相遇多存留片刻，是否会有更多人听到高山流水的天籁之音？

生命中经历无数美景，每道风景线都会让人流连忘返，在欣赏每一份美好的同时，勿忘珍惜二字。如花草至美，莫要有花堪折直须折，应是留于美好饰后人。人与人总是因缘而遇，红颜也好，蓝颜也罢，隔屏相望，虽相距万水千山，留一份美好给对方，守一颗善心对世界。不要轻易开启潘多拉的魔盒，把一场美丽的相遇变成一份沉重的伤害。

繁华世间的机缘随意，遇见是缘分，花开花落也亦是缘分。面对缘分，感恩是最美的解读，懂得是灵犀的阶梯。就像我要远行，你送我一程好山好水，这一路的风景，不求记取太多，只需记得相遇的温暖，曾千回百转。

生活本来就不完美，那么，用一种惜缘的心态，用一颗平淡的心去看待周围的一切，就会觉得人生活得就是一种心情，一种心态。我们都不是完美的人，但谁都在渴望完美，寂寞的时候，不妨鼓励一下自己，努力才会有所成就；孤独的时刻，不妨时时告诫自己一下，追求才能有所收获。

所以，不要说生活有多么苦恼，追逐的心有多么疲惫。生活本不苦，苦的是欲望过多，心也本不累，累的是背负太多。再苦，都要用今天的微笑，把它吟咏成一段从容的记忆，再累，都要用当下的遗忘穿越万道红尘，让心波澜不惊。

善待别人，理解别人，善待自己，善待每一次遇见的缘分。对生命有所热爱，对生活有所热忱，对人生有所追求，得意看淡，失意看开，一笑而过。

那又何尝不是一种人生的优雅呢？

相传唐朝有个叫韦固的人，一天夜里遇见一个老人倚坐在袋子上，对着月亮翻书。韦固好奇地上前问他是什么书？老人说："是婚姻簿子"。

韦固又问："袋里装的什么？"

老人说："那是红绳，是用来扣住世间夫妻的脚。不管是仇家，或是贫富不同，或者相隔多远，只要扣上这绳，终归成为夫妇。"

遇到对的人，任粗茶淡饭，任修篱种菊，任无权无钱。只要心在一起，岁月都是美好的。

话说古时，有一个贫家青年和一个富家少女相恋，少女父母嫌穷爱富，不能结合。青年离开后，少女思念成疾而死。她的父亲焚化她的尸体，发现她的心里有一块像铁的东西焚化不掉。经过磨拭，从中照见少女与那青年相对的人形。后来青年回来看见了，泪下成血，滴到这个东西上，立刻化去。

如果你有爱人，请相信，他（她）就是你一生一世中那个最美的遇见。珍惜这场白驹过隙的每个日子，彼此携手走完此生。不需多么轰轰烈烈，也不需要多么缠缠绵绵，淡然相处，一茶、一粥、一场清欢，就是幸福。

可能一生中会有许多让你流连的身影飘过，可是心里的那叶小舟只为你的爱人停驻，慢慢与其携手，陪你看细水长流，陪你看日出日落，直至霜染白头。任岁月荏苒，但守一片忠诚。

元好问《雁丘词》小序中说："太和五年乙丑岁，赴试并州，道逢捕雁者云：'今旦获一雁，杀之矣。其脱网者悲鸣不能去，竟自投地死。'予因买得之，葬之汾水之上，累石为识，号曰雁丘。时同行者多为赋诗，予亦有《雁丘词》。"

当年元好问去并州赴试，途中遇到一个捕雁者。这个捕雁者告诉元好问："今天设网捕雁，捕得一只，另一只脱网而逃。岂料脱网之雁并不飞走，而是在他上空盘旋一阵，然后投地而死。"

元好问一时心绪难平，便花钱买下这两只雁，把它们葬在汾河岸边，垒上石头作为记号，曰"雁丘"，并作《雁丘词》。

问世间，情为何物，直教生死相许？
天南地北双飞客，老翅几回寒暑。
欢乐趣，离别苦，就中更有痴儿女。
君应有语：渺万里层云，千山暮雪，只影向谁去？
横汾路，寂寞当年箫鼓，荒烟依旧平楚。
招魂楚些何嗟及，山鬼暗啼风雨。
天也妒，未信与，莺儿燕子俱黄土。
千秋万古，为留待骚人，狂歌痛饮，来访雁丘处。

两只大雁，让我们看到"问世间情为何物？直教生死相许"的感叹。你可曾为它们不能"天南地北双飞客"而悲伤？

佛曰：缘即如风，来也是缘，去也是缘。已得是缘，未得亦是缘。

相遇时相惜，分离时感恩，守一颗平常心。

笑看人生浮沉，静观世间百态，淡守一颗真诚的心。

在喧嚣闹市独坐一隅，将一壶老茶喝至无味，将一曲老歌听至无韵。只因流年似水，韶光易逝，于是用窗外细雨做墨，用心情做笔抒写一纸书笺，将人生相遇的种种缘事记录。在生命的终点，蓦然回首，开启这些往事回忆抑或讲给后人聆听，然后在睡意昏沉中感受岁月静好。

是缘，去也是缘。已得是缘，未得亦是缘。飘忽随意，恍惚随缘。

愿你始终相信爱情

十年生死两茫茫，不思量，自难忘。千里孤坟，无处话凄凉。纵使相逢应不识，尘满面，鬓如霜。

夜来幽梦忽还乡，小轩窗，正梳妆。相顾无言，惟有泪千行。料得年年肠断处，明月夜，短松冈。

941 年前的一个夜晚的月色之下，坐着一个清瘦的老人。他默默地注视着远方，身体是那样的安详，表情是那样的寂然。没人知道，他在为什么而伤感。那个夜晚，月色清冷，松林在风中凌乱摇曳着。那个老人，是苏轼。他在泪眼蒙眬中思念着亡妻。

苏轼在一次梦见妻子后写下了这首词，此时距妻子亡故又是一个十年，十年了，虽然天人永隔，可是对妻子的感情、对妻子的思念却是与日俱增。在梦中与妻子相见，苏轼已历经十年来的人世变故，宦海沉浮。

相传王弗的家乡有一个天然鱼池，只要游人一拍手，鱼儿就会跳跃着游过来。一天，王弗的父亲心血来潮，想为这处风景命名，便邀请远近的青年才子前来聚会。暗中，王老先生也想借此为爱女择婿。当然，作为远近闻名的苏轼也在被邀请的名单中。众人七嘴八舌说了许多名字，王老先生均觉得不满意，直到苏轼题出“唤鱼池”三字，谁知躲在窗帘后的王弗所题的也是“唤鱼池”。二人因此情定“唤鱼池”。

苏轼在19岁的时候与王弗喜结连理，他们的爱情深刻而饱满。在经历风雨同舟十年后，王弗病故。十年来，苏轼与王弗的感情平淡而真挚，正是这十年的相濡以沫，使王弗已经深深植入了苏轼的生命之中，历久弥新。

他们的情感，我理解为“爱情”。

吴忠全说：“只是人是奇怪的动物，可以用千百种方法来表达恨，但却找不出一种合适的方法来表达爱。”有些事情，合则来，不合则散，争执什么都是毫无意义的。一言不合就开撕，由此引发的“蝴蝶效应”终究波及的还是那两个无辜、纯真的孩子。我们到底是怎么了？难道我们终其一生，不是在追求幸福、不是在追求精神的文雅么？

苏轼的《江城子》至今仍被传为佳话，这是可歌可泣的爱情故事。一生中所思、所想、所爱始终都唯有一人，纵使他有诸多不足、诸多毛病，在我眼里，都是美好的、都是我所爱的，我想要做的就是忠诚、恪守着这份感情。

就是这样简单的定义，如今看来，难上加难。

最近一段时期，王宝强与其妻子马蓉的“劈腿”之战，占据舆论的风口浪尖，其关注量甚至高过正在进行的奥运会。王宝强在其微博发布“离婚声明”中称，“经纪人宋喆和自己妻子马蓉存在不正当两性关系”。

由此，一个娱乐明星的离婚事件顿时在整个社交网络炸开了锅。

在这个事件中，你所扮演的是什么角色？是漠不关心的路人甲，还是异常愤怒的讨伐者？娱乐圈的事情总是能瞬间爆发出无限的能量，今天谁跟谁结婚，明天谁又跟谁离婚；今天谁出轨，明天谁又流出“不雅视频”……不过是常见的例牌新闻。一波未平，一波又起，从未间断过。

爱情，有时像云一样缥缈，有时又像雨一样淅淅沥沥。昨天，一对相爱的男女走进婚姻的殿堂，海誓山盟，白头偕老！可今天，这些曾经相爱的夫妇又进入了另一个殿堂——法院。

或许，一对并不相爱的男女因某种偶然的联系历经磨难，患难与共。于是，这对男女相濡以沫，共看夕阳如花……

于是大家都说爱情“不可捉摸”。

于是人们定义“婚姻是爱情的坟墓”。

世事多变，生活如水无常，世道沧桑，变幻莫测。那些曾经坚信“爱情”的心，被生活中诸多失败的婚姻剥蚀的伤痕累累。

你心底是否还藏着一个干净的“爱情信念”？

佛说：“前世的五百次回眸才换来今生的一次擦肩而过。”茫茫人海中能相遇已属不易，更何况相识、相知、相爱呢？

我们所能做的唯有珍惜，尽自己的最大努力去创造幸福，去拥抱幸福。

王宝强该是爱马蓉的，第 66 届戛纳电影节迎来中国导演贾樟柯的参赛电影《天注定》首映礼，现场王宝强对妻子马蓉又是单膝下跪，又是搂腰亲吻的，赚足了眼球。在专访中也曾表示：“我老婆真好”，在生活中也是努力扮演好老公、好爸爸的角色。

且不说事情真相到底如何，王宝强该是如履薄冰地看护这段婚姻。正如《箴言录》里写道，幸福后面是灾祸，灾祸后面是幸福，被爱的一方总是有恃无恐，更难对对方忠实。王宝强注定要小心翼翼地守护这段感情，这有点像老子所说的：“祸兮福之所倚，福兮祸之所伏。”

往往幸福破灭了，不爱了，几乎所有人都会“愤怒”，都会对之前自己所作所为感到“羞耻”。但愿王宝强能在事件之后平静下来，但愿王宝强和看着这场闹剧的我们还能相信爱情。

毕竟曾经的爱也是爱过，曾经所感受到的幸福也是幸福，不幸的婚姻应让我们强大，使我们更有力量去爱值得被爱的人。

诚然，婚姻远比爱情复杂得多。

相遇已属不易，更何况两个完全不同的两个人要磨合、融合为生命共同体，养育后代，牵扯多方面而又需要长远考验的问题。

春天对樱桃树做的事，是为了让樱桃树开花结出丰硕的果实，结出爱的结晶。而当这个结合体里产生扭曲，当矛盾不可调和时就会面临解体的危险。

生活难免残酷，就在 2016 年 8 月 15 日，王宝强正式起诉离婚，要求分割财产，索要抚养权。

是呀！孩子是多么重要的财产、利益！离婚争夺最多的就是孩子的抚养权，不管是王宝强还是马蓉面对儿女都想妥善保护，那些网络上恶意揣测甚至发出王宝强儿子的对比照的人，我只能从心里感到悲哀。悲哀于人们对爱情的戏谑，悲哀于人们对他人痛苦的无视。

离婚从来都是痛苦的过程，曾经不论多么相濡以沫的两个人都会变化成一个你完全不认识的人，而在这个过程中受伤害最大的还是孩子。又何苦以一个“看客”的身份对他们雪上加霜？

当然，背叛与离婚之间并不存在必然的因果联系，离婚的原因可以是红杏出墙，也可以是和平分手。而背叛则仅仅只是单方面对忠贞于爱情这一原则的背离。

实际上，明星离婚事件早已司空见惯，令人不解的是，恋爱时期的如胶似漆在婚后往往迅速土崩瓦解？这种现象的产生或许可以归咎于某些明星们为了博取眼球的一场“爱情作秀”。

然而，这种作秀并不是真正意义上的爱情，而是基于对方某种特质吸引所产生的激情。激情固然可以热烈如火，却绝难有细水长流的夯实与厚重。

当然，金玉其外的娱乐圈也不乏如张学友、周润发那样对待爱情忠贞不贰的模范丈夫，在他们的眼中，爱情只属于两个人，只有忠诚与专一才是对爱情最好的证明。

王宝强的境遇除了让人同情，更多的则是引发公众对于爱情的质疑与思考。王宝强晒出的结婚照上那对洋溢幸福微笑的新人，如今变成了王宝强嘴角的苦涩与马蓉的落荒而逃。

是的，苏轼的爱情可以看作是一种不幸，执子之手却不能与子偕老诚然是一种悲哀，但也正是这种对于爱情的忠诚与执着赋予了这段缠绵悱恻的爱情动人心魄的魅力。

当然，对爱情忠贞与恪守往往意味着更多的付出与煎熬，没有人知道蕴藏十年的爱究竟深有几许，也没有人知道深情的他如何排遣心中的思念。苏轼的身上更多地体现出了爱情悲剧性的美，这种美总在不经意间引起灵魂深处的共鸣。

无论是作为文学大家的苏轼还是娱乐新星的王宝强都遭遇了与妻子分离的境遇，前者一别便是永诀，而后者一别恐怕也将“视而不见”。

不同的是，前者的阴阳相隔是因为生死，而后者的分道扬镳是因为背叛。

更为重要的是，同样身为妻子，王弗因苏轼的思念为后世所歆羡，而马蓉则因自己的心猿意马为千夫所指。

爱情无疑是人世间最令人心驰神往的一种情愫，所谓“取次花丛懒回顾，半缘修道半缘君”，爱情的华彩便蕴藏在“君应有语，渺万里层面，千山幕雪，只影为谁去”之中。当然，忠于爱情并不是为了彰显爱情本身的纯粹，忠诚源于彼此间的信任与扶持，却又将信任与扶持贯穿于彼此生命的全过程。

人生就是一场不期而遇的旅行，谁也不知道前路是风光迤逦还是满布荆棘，无疑，爱情给予的正是直面人生的勇气，而彼此执手风雨才是真正的原动力。

可悲的是，越来越多的人将爱情与风花雪月画上了等号，爱情固然代表着浪漫，却同样意味着忠诚与恪守。浪漫为爱情披上了一件华美的外衣，而忠诚与恪守则让爱情在岁月的积淀中绽放出夺人心魄的光彩。

所以缺乏忠诚的爱情在婚姻面前不堪重负，缺乏恪守的爱情只能用刹那便是永恒作为劳燕分飞的理由。当然，也有一种爱叫作放手，只是这种放手的爱往往沉重得令人窒息。放手的爱同样代表着对于爱情的忠诚，因为选择放手的人看到了隐藏在爱情深处的责任。

是的，爱情的责任在于给予对方幸福，为了对方幸福而放手的爱更应该赢得所有人的尊敬。

正如丁尼生所说：爱情埋在心灵深处，不是住在两唇之间，只是有多少人在爱情曲终人散的时候还记得曾经的海誓山盟，或许有的只是相互的谩骂与撕咬，而爱情也最终在谩骂与撕咬中消磨殆尽。

每一个人都会在婚礼上做出与之偕老的承诺，只是这种承诺如今逐渐变成了一种外在的形式。轻易承诺的爱情也将被现实的生活轻易地摧毁，是以不懂得忠诚与恪守的人或许能够尝到爱情的滋味，却永远无法看到爱情在天长地久中的悠然绽放。

生活中我们的离婚率并不比明星们的离婚率低，只是他们处在娱乐圈，一言一行注定被关注，成为新闻。

还记得在《妈妈咪呀》这一档节目中来了一位50多岁的超级妈妈，旁边站着一位二十五、六岁的男生，外加三个异常可爱的孩子。这是位勇敢的妈妈，离婚后结识了现在的先生，陪他慢慢创业、发展。这位妈妈的经历堪称稀奇，在她50岁的时候生下了三胞胎。

她始终保留爱的能力，恪守这份爱情，经营好当前的婚姻，并且跟前夫以及前夫的家庭保持来往，两个家庭非常和谐地相处。

固然，生活中难免残酷，难免会经历不幸福，但却可以让我们成长并强大起来，强大到可以令不幸福变为幸福，原来擦肩而过，实际上并没有我们想象中那样的不幸福……

愿你始终相信爱情，找到那个能让你“不思量，自难忘”的另一半！这才是我们终其一生、苦苦追寻的幸福，才是令我们愉悦的优美的故事。忠诚，你留下！怨恨，我带走！

守着善念，不动初衷

最近听到了一首不知名的歌曲，里面有这样的歌词：

社会很单纯，复杂的是人；
谁把谁当了真，套路玩的深；
社会很单纯，感情哪有真；
谁能在乎我，星星知我心……

大约最近流行“套路”一词，就是从中而来。通俗的歌词，调侃的唱调，轻松中，却让人有几分沉重。

“套路”这个词具体是什么意思，难以查证，只是人们听得多了也说得多了，自然也就心领神会了。

身边的朋友，有被人“套路”的，也有“套路”别人的，似乎现在不会一点套路，根本没法“行走江湖”。

信任危机从未像今天这样消极，让每个国人感同身受。这种信任危机弥散在社会的各个方面，存在于不同人群、阶层和行业之间，无时无刻不在侵蚀着人们的安全感、幸福感。

在信息时代的今天，几乎天天都可以听到各种各样的违约信息，不管你是否相信，这几年，人与人的信任已经进入了一个冰点时期，任何捶胸顿足的盟誓都可能演变成为一场游戏一场梦。

自20世纪90年代以来，主宰公共空间话语被“利益至上”，原本的“熟人社会”在利益面前迅速摧毁。在人们生活品质直线提高的同时，人们逐渐回到了一种类原始状态，每个人都把他人当成不可信任的敌人，与他人打交道，成了一件让人们害怕的事情。

很长很长时间了，被国人反复温习的一个概念是：这个社会似乎充满了“陷阱”。

这就是可悲之处。

每一个人都在渴望着信任，却又不愿意为得到信任而有所付出。每一个人都在警惕着身边可能存在或者根本不存在的“陷阱”，没有人愿意率先往前一步，伸出自己信任的橄榄枝。

信任他人才能实现有效交往，但是也代表着我们要把自己所掌握的资源交付他人，决定与结果之间的时间差，就使信任具有了一定风险性。我们处处设防，或许减少了一些损失，却降低了更多安全感和幸福感。

不可否认，信任危机已经蔓延到每一个普通人之间。

在国人的眼里，信任只能建立在亲近的基础之上，自己人相对可靠，而陌生人基本上是可疑的。其实，建立在人际关系下的信任，不但是熟人社会的秩序基础，也是人们本体安全感的所在。

随着网络化的社会，熟人圈子近些年来逐渐向陌生人圈子发展，陌生人圈子是经济发展所产生的一种必然的社会现象。熟人圈子结构逐渐松弛，随着社会活动而逐渐分散。

于是近些年来，“杀熟”的现象开始频现，越是朋友越“坑”你，社会转型时期的利益关系纠结，对传统关系中的信任提出了严峻挑战。

陌生人不可靠、商人不可靠、慈善不可靠，甚至连媒体也不靠谱。无论是对他人还是对社会系统，我们都保持怀疑，小心谨慎。

与此同时，我们总是会受伤后长叹一声说：套路深啊！

由此延伸，我们几乎对所有事情都持怀疑态度：专家辟谣基本等同于证实消息、老人当街跌倒无人敢上前搀扶、事故调查背后仿佛总有不能说的秘密、对乳制品质量的不信任甚至催生了洋奶粉代购行业……由于“逢事必疑”，我们或许规避了许多风险，但也丧失了更多的安全感和幸福感。

于是，有人说这是一个“我不信”的时代。

互不信任增加了社会运行的成本，也让人的情绪变得负面。一方面对陌生人处处提防、认为这是让自己利益免受伤害的必要方式，另一方面抱怨“人性冷漠”、“道德滑坡”；一方面指责他人“麻木不仁”、“见死不救”，另一方面又提醒亲人朋友遇事别“出手”、少“出头”。

透过这种纠结，不难发现，人的内心始终在向往温暖，良知和传统美德远未消失。同时这种纠结也提示，在从传统的熟人社会向陌生人社会转型的过程中，信任的基础成了首先要面对的问题。

信任不是一个深奥的词，相反，是非常具体的一次次承诺和承诺后的坚持。比如，你约定一个时间，我就肯定会准时前来；比如，你希望这个活动还是能有所收获，我就肯定会精心准备；比如，我答应你做的，即便我有了一些变化，我不是去改变跟你的约定，把你抛下……如果说，这是我对你信任的报答，或者说是不想辜负你，不如说我不想辜负人与人之间的基本善意。

我理解的善意，并不是无私付出，并不是多么崇高的行为，相对而言简单明了，善意就是能够给到承诺、并将承诺付诸实践的一种行为。

我们都需要这份最基本的信任，老板交代你的事情，你不会忘掉或者敷衍了事，会认真完成，这就是信任；恋人间走在一起，只要感情好，就奔着结婚的方向去，这也是信任；爸爸妈妈好好地照顾孩子，不管富有还是贫穷，都能尽所能地照料孩子，而孩子也能努力向上，把自己的生活过好，这还是信任……

如果我们的生活里，都能把这份信任，把这份人与人之间最基本的善念保持住，我们的心灵是安宁的，也是充满安全感的。

可惜，现实生活中的这一切被破坏了，而被破坏的信任，很难重建。

信任是我们对他人善意的一种期待，而当这种期待变成奢侈品时，我们每个人都是受害者。在信任缺乏的时代，社会因此而产生集体焦虑，人们其实并不想丢失相互的信任，却不得不在暗地里疑问：我还能相信谁？

是啊，我们还能相信谁？

相信爱情吗？在这个七月传出的某明星之妻婚内出轨，并恶意转移财产。惹得这个“老实人”明星深夜发布离婚声明，据说打官司的钱都是借的。

于是，有人说爱情不可靠。身边走过的和电视里、网络上，那一个个扑向物质的年轻妖娆的姑娘，总让人后背发凉，那回荡在电视音响里的“宁可在宝马车上哭，也绝不在自行车上笑”的声音听起来总那么刺耳。

相信友情吗？职场剧、宫斗剧就早已把小说和电影里人与人的勾心斗角刻画的入木三分了。现实中更是上演着数不胜数朋友互相坑害、背叛、出卖、反目的案例。

于是，几乎所有人都会发出一个同样的感叹——人心不古，世风日下。

难道就这样，我们失去了信任的力气了吗？

曾读过这样一个故事，一个小女孩被同学举报，说她拿了存款箱里的钱。于是，老师将孩子的母亲请到了学校。母亲了解事情之后，看着孩子的眼睛只问了孩子一句，“你有没有拿？”

孩子害怕而又坚定地说：“没有。”

母亲对老师说：“请不要责怪我的孩子，我相信她，因为孩子真诚的眼睛，那里是最纯洁的地方。”

后来证实事实确实如那孩子所说，只是中间有了那么一点点小误会而已。

多么暖心的一个故事。

读来寥寥几字，就足以温暖我们的心房，余温散入空气。要是多一点这温暖的气息，这冰冷的世界大概就拥有了些许温暖吧！

可是当我们回到千疮百孔的现实，回到我们切切实实生活的场景之时，这温暖却徒生寒意。

南京“彭宇案”就体现了最基本的道德义务所面临的困局：一方主动的善良可能被另一方利用。

后来因此爆发了“老人倒地到底扶不扶”的争论。

这样的现实让这个酷暑有了降温的效果，不是吗？

更令人唏嘘的是湖北荆州船主对见义勇为者“挟尸要价”的态度：我只认钱，没凑齐就不能给尸体，而且绝不赊账。

这些例子足以说明当前最基本的社会信任所面临的道德困

境：要维持最基本的信任，就需要双方遵守一定的道德底线，但如果一方认为基本道德底线相对于货币化的经济利益不划算，那么人与人之间信任的基础也就彻底没有了。

很显然，民众期待的信任绝不是哥们义气，也不是维护圈子利益的结党营私。而是一种符合社会良知和正气的价值观。

一个高度法治化的社会，法律制度凭借其中立性、公正性、权威性承载着社会成员最普遍的信任。彼此陌生的人交往时，尽管他可能并不清楚对方的状况，但会相信一旦出现欺诈或失信行为，可以通过正当的方式“讨到说法”，也相信能得到公正的裁决。相应的，陌生人摔倒了多半会去扶，因为相信法律会还原真相的能力，因为相信不诚信的一方会受到制裁。

就像“彭宇案”里的彭宇最后被媒体证实了清白；像“我爸是李刚”案件里的“权二代”却依旧难逃法律的制裁；被冤枉而离世的孙正义，最终还是得以沉冤昭雪……虽然对于当事人来说，这份清白来得太晚，却还是拥有一种激励这社会他人的力量，这社会还有那一股清正的力量，去维持正义。

这股力量，无疑是给我们注入了几分去信任、去真诚待人的勇气。

梁启超有云：“故今日之责任，不在他人，而全在少年。少年智则国智，少年富则国富，少年强则国强，少年独立则国独立，少年自由则国自由，少年进步则国进步。”的确，每个人是“怎样”，这个国家，这个社会就是“怎样”。想要一个充满真诚，而没有套路的社会，每个人都应该扪心自问一下：与人待物，我是否足够真诚?

其实，我们的人生，就是在我们跟自己的善良订个承诺，然后，一点点去履行的过程。

履行这份承诺的压力和动力注定是来自我们自己，如果我们都期待别人的给予，而自己始终保持警惕，终究是会让善念受伤。

诚然，在历经世事的过程中，有太多残酷等着我们，而我们，只要守着心里的善念，不忘始终、不动初衷。

然后，当每一个人都严于律己、真诚善良的时候，你会发现，原来心心念念的那个良善真诚的世界，就在眼前。

后　记

1963年8月28日，马丁·路德·金在林肯纪念堂发表了他的演讲，“我有一个梦想”。

他在演讲中说：“我梦想有一天，幽谷上升，高山下降；坎坷曲折之路成坦途，圣光披露，满照人间。这就是我们的希望。我怀着这种信念回到南方，有了这个信念，我们将能从绝望之岭劈出一块希望之石；有了这个信念，我们将能把这个国家刺耳的争吵声，改变成为一支洋溢手足之情的优美交响曲。”

每每读起“我有一个梦想”的文字，总觉得感慨万千，不仅仅是因为文字的慷慨激昂，更是因为马丁·路德·金追梦的精神。

梦想犹如日月高悬，使人们经受住惊涛骇浪的考验，使人们透过黑暗见光明，拨开云雾见青天。尽管，有时梦想很朦胧，很缥缈，但它却给予我们力量，使我们乘着呼啸的风声，携着永不坠落的星辉，拼力穿透命运设置的重重险阻，义无反顾地射向那辽阔美丽的长天，正是心中有了梦想，才会折射出七彩的人生。

所以，我说，人生因梦想而美丽。

我曾梦想来到塞外的大漠，在夕阳的金黄中，感受“大漠孤烟直，长河落日圆”的壮阔；我梦想坐在家乡的明月下，在满月的银辉中，体会“月是故乡明”的感慨；我梦想来到茂密的森林，在皎洁的月光下，观赏“明月松间照”的美景；我梦想登上巍峨的泰山，在云雾的缭绕中，感受“一览众山小”的豪情。

因此，我说，世界因梦想而精彩。

“理想是人生的太阳”——德莱特的这句话至今仍是很多人的座右铭。理想，不仅是一个美好的名词，更是人活一世奋斗努力的目标，倘若没有了这个目标，人生也会随之黯然失色。

奥运史上第一个独得三枚田径金牌的女子是美国的威尔玛·鲁道夫，她辉煌的成绩足以令世人感叹，可她曾经被医生判定为终生残疾！年幼的威尔玛立志要成为最优秀的田径运动员，这个可望而不可即的梦想激励着她不顾别人的嘲讽，日复一日年复一年的努力，终于创造了辉煌的奇迹。

人生之路不是一马平川，也不是鲜花碧草铺就，困苦挫折在所难免。但只要有梦想这盏不灭的灯相伴，就能冲破迷惘，步入灿烂的里程。

太阳每天东升西落，行人每天匆匆而过，我们都在看似平静的生活里奋斗拼搏。如同晏殊在蝶恋花中所写“昨夜西风凋碧树，独上高楼，望尽天涯路”，是梦想点燃星星之火，洗去茫茫尘埃。

春天的繁花如何盛开出绚烂，夏天的星辰如何闪烁银辉，人生的岁月如何披荆斩棘……梦想是最初牵引你上路的激情，也是鼓励你赶路不止的鞭策，更是支撑你倒下也不屈的寄托。生活本来就是充满各种色彩的，我们每个人就是一个画布，选择的权利在你自己手中，看你自己怎么描绘明天。